『ようやくきたか、
この僕を随分と待たせてくれたものだ。
知っての通り、
僕がオリヴェル・アールグレーンだ。
さあ、説明してもらおうか』

追放された公爵令嬢、ヴィルヘルミーナが幸せになるまで。

ただのぎょー　Illustration 結川カズノ

上

contents

第一章：婚約破棄と望まぬ結婚 010

第二章：初めての買い物と王太子の誤算 062

第三章：アレクシ様改造計画と園遊会 115

第四章：魔素結晶化装置の完成とA&V社 177

第五章：新居と新たなトラブル 223

あとがき 284

Disowned Lady Villhelmiina
Will Be Happy Someday.

第一章：婚約破棄と望まぬ結婚

「ヴィルヘルミーナ・ウッラ・ペリクネン！」

わたくしの名を呼ぶ声が王城の広間に響きます。夜会の会場の中央、魔石による白き光を煌びやかに反射させるシャンデリアの下、その声をあげたのはこの国の王太子であるエリアス殿下。

「お前との婚約をここで破棄する！　お前がイーナ・マデトヤ男爵令嬢にした悪行の数々、もはや許し難い！　斯様《かよう》な者を王家に入れる訳には行かぬ。余、エリアス・シピ・パトリカイネンはここにヴィルヘルミーナとの婚約を破棄し、婚約者の罪を贖罪《しょくざい》すべく、イーナを新たに婚約者とする！」

その言葉に広間が一度騒めき、そして続く展開を聞き漏らさぬよう、水を打ったように静かになります。

わたくしを断罪するエリアス殿下、たった今まで婚約者だった人。わたくしと同じ十七歳で、金のお髪に端整なお顔立ちですが、今はその顔を怒りに赤く染めています。

すらりとした細身は、白を基調として金糸による刺繍《ししゅう》がなされた夜会服に包まれ、肩章や懐中時計の金鎖がその身を飾り立てています。

そして彼の隣には桃色の髪の少女。彼女が着ているのは殿下からいただいたのであろう、彼の瞳の色と同じラピスラズリのドレス。

一つ年下の彼女は状況を分かっているのかいないのか、いつものようにふわふわとした微笑みを今も浮かべています。

周囲からの不躾《ぶしつけ》な視線がわたくしたちに刺さります。

ええ、良い見世物でしょうね。

わたくしは広げていた孔雀羽《ピーコック》の扇をパチリと閉じて、緋色のスカートの中ほどを摘んで膝を折り、淑女の礼《カーテシー》をとりました。

「王国の暁たる尊き方、エリアス王太子殿下にご挨拶申し上げます。直答《じきとう》の許可をいただけましょうか」

「ふん、慇懃《いんぎん》無礼《ぶれい》な事だ。許可しよう」

わたくしは殿下の許可を得て、ゆっくりと立ち上がって言葉を発します。

「婚約解消について承りました。ただ、一方的に破棄するとのご発言、理由をお伺いしても宜しいでしょうか？」

「とぼけるな、ヴィルヘルミーナ。お前がイーナにした蛮行の数々、申し開きできると思っているのか！」

蛮行？　わたくしはゆるりと首を傾げ、ほうとため息をつきます。

まだ正式な婚約者であろうはずもない女性をファーストネームで呼び、隣にいることを許す王太子殿下。

その彼女の身を包むドレスは殿下より下賜されたものであるというのが明らかです。一介の男爵令嬢には決して手の届かぬ生地、宝石、そして何よりその色。

……ああ、愚かですわ。

「婚約者に近づく女を排除するのは当然のことでは？」

「下位の家格の令嬢なら何をしても良いというのか！」

「わたくし、くだらない嫌がらせなどはしておりませんの」

「取り巻きどもにやらせたのだろう！」

わたくしは扇を開くと口元を隠して笑ってみせます。

「ほほほ、何を仰るのかしら」

「何がおかしい！」

ああ、殿下もこのように簡単に怒りを露わにするだなんて、なんて品のない。

「やらせるだなんて、そんなことをわざわざ命じるはずがないでしょう。上位者が不快に思っているのにそれに対して忖度《そんたく》せず、自発的に彼女たちが動かないのであればそれこそ怠慢というもの」

「なっ……ではなぜ止めなかった！」

「異なことを仰いますわ。わたくしは殿下にもそこのマデトヤ嬢にも口頭や書面で幾度も忠告させていただきました。婚約者でない男女が過度に親しくしてはならないと。もちろん覚えていらっしゃいますよね？」

エリアス殿下は渋い顔をし、マデトヤ男爵令嬢はびくりと桃色の頭を震わせました。

「は、はい」

「でもあなた方はそれを受け入れなかった。殿下にいたってはわたくしの言葉を聞き入れようともしなかった。あなたたちがやめないのになぜわたくしがその嫌がらせとやらを窘《たしな》めねばならないのでしょうか?」

エリアス殿下に隠れるように立っていたマデトヤ男爵令嬢が頭をぴょこんと下げます。

「申し訳ありません! ……でもエリアス様を好きになってしまったんです!」

パチリ、と扇を鳴らして彼女を指し示します。

「口だけの謝罪は結構。もはや此処に及んでわたくしが過去をとやかく言っても仕方ありませんが、取り急ぎその無様な礼節《マナー》をなんとかなさいませ」

「イーナに謝罪せよヴィルヘルミーナ!」

「わたくし、陰口など嫌いですの。殿下とて彼女の礼節が足りていないことくらいお分かりになるでしょう?」

まあそういう自然体なところに惹《ひ》かれたのでしょうが、将来の王妃がそれでは国が立ち行かぬことくらい分かるでしょうに。

「そんなものはこれから学ばせれば良い! だがお前は為してはならぬことをした!」

「彼女を殺そうとしたことですか?」

その言葉を言おうとしていたのであろう殿下が鼻白み、マデトヤ男爵令嬢の顔が青褪《あおざ》めます。

広間が騒めきました。

「え、殺す……？」

「あたりまえです、わたくしが何度忠告したと思っているのですか。それでも聞かぬというのなら、殺した方が後腐れないでしょう？　そなたでは王妃は務まりませんよ」

殿下が有能であり、その地位が盤石であれば彼女と恋愛ごっこされていても良かったでしょうけどね。

「高慢な女め」

「高慢？　わたくしは身分に相応しい振る舞いをしているだけですわ」

そう告げるとエリアス殿下はニヤリと笑われます。

「では、そうでない身分へと落ちるがいい。王太子命令だ、ヴィルヘルミーナ。お前は平民にでも嫁ぐが良い！」

王太子という地位は当然の事ながら政治に関わる立場です。わたくしもその手伝いをしてきましたしね。

国王陛下ご夫妻は隣国での式典にご出席されるために不在。それ故に殿下に権力は与えられている。とは言え……。

「そのような横暴が許されるとお思いで？」

「陛下の代行は余だ」

殿下が手を上げると近衛兵がわたくしに近寄り、手を伸ばしてきました。乱暴にわたくしは跪《ひざまず》かせられ、床に押さえつけられます。

広間にいる令嬢たちから悲鳴が上がる。わたくしは何も言わず、エリアス殿下を睨みつけました。

「人を殺そうとした者を投獄することもなく慈悲を与えると言うのだ。よもや文句はあるまいな?」

文句しかないわ。だけどわたくしはもはや話す気も起きなくなっていました。

この愚物にどんな言葉を投げかけても無駄。

「そう言えば今度の勲章の授与式で、どこぞの平民の研究者が功績を上げて勲章を与えられるという話があったな」

……突然何を言い出すのかしら?

「お前をその褒美としてやるとしようか! 元公爵家の令嬢を妻とできるとあらば泣いて喜ぶだろうよ!」

そんなはずはないでしょうに。

だが殿下はそれを分かって言っている。つまり、その研究者なる方を困らせ、そしてわたくしを貶《おとし》めようとしている。

「追って沙汰を申し付ける! 自宅で謹慎せよ!」

四方を近衛に囲まれ、追いやられるようにペリクネン家の馬車に乗せられ、馬車の周囲を近衛に囲まれて当家の王都邸、タウンハウスへと戻されました。

タウンハウスと言っても公爵家のそれです。王都の一等地に建つ庭付きの広大な屋敷。その門を潜り、馬車が玄関の前へと停められると、扉が慌てたように開かれます。中から使用人たちが現れました。

緊急のことゆえ出迎えが満足にいかないのは仕方ないでしょう。

従僕《フットマン》が馬車の横につけた数段の階段を、エスコートされることもなく一人で下りると、使用人たちがどよめきます。

「お嬢様！　いかがなさいました？」

わたくしの侍女《レディーズメイド》であるヒルッカが、主の早過ぎる帰りに慌てて進み出てわたくしの手を取りました。

屋敷のエントランスホールを抜けて階段を上り、自室へと向かいます。

「トラブルよ。それも特大のね……」

侍女たちに取り囲まれて自室でイブニングドレスを脱ぎ捨て、家着へと着替えます。するとすぐに、外から馬車の音が聞こえてきました。

父たちが戻ってきたのでしょう。父、つまりペリクネン公爵です。そしてその妻が。

わたくしの実の母は数年前に儚《はかな》くなり、公爵家にはすぐに後妻が迎えられました。

明らかに元より父の愛人であった方が。

公爵家の家族構成は十七歳であるわたくしが長女、継嗣《けいし》である二つ下の弟ユルレミ、そして十三歳になる後妻の連れ子の娘マルヤーナの五人です。

ええ、後妻の連れ子は栗色《マルーン》の髪も榛《ヘーゼル》の瞳も父に良く似ていますとも。一方のわたくしやユルレミは亡き母似で色素が薄く、多少の色の違いはあれど白金《プラチナブロンド》の髪に翠の瞳です。

ちなみに祖父母は存命ですが領地の隅の別荘に隠居しておりますわ。

「ヴィルヘルミーナ！　ヴィルヘルミーナはいるか！」

エントランスホールで叫ぶ父の声。

わたくしはそちらへとゆっくりと歩いていきます。階段の上から見下ろすと、父は顔を真っ赤にしてこちらを見上げました。

隣には煌びやかなドレスに身を包み、不満げな顔付きを隠そうともしない後妻が立っています。

夜会から早く戻らねばならなかったことが気に食わないのでしょう。

「降りてこい！」

「おかえりなさいまし、お父様、みなさま」

わたくしはそう言って頭を下げましたが、『ただいま』の声はありません。

「ヴィルヘルミーナ、お前は何をしたか分かっているのだろうな！」

わたくしが階段を下りる最中にもお父様は怒鳴ります。下に着いてからわたくしは頭を下げました。

「申し訳ありません、お父様。わたくしは失敗しましたわ」

「そうだ」

「マデトヤ嬢の暗殺に失敗したこと、誠に申し訳ございません」

「なっ……！」

「王太子殿下があそこまで彼女の身辺を守ることに注力しているとは思っておりませんでしたの。これはわたくしの失策でした」

次期王の外戚となり、さらなる権力と財を得ようとしていたのでしょう。

ペリクネン公爵領は魔領《まりょう》と近く、公爵家の管理下に置かれているダンジョンが領内に複数あるため、危険ですが豊かな土地です。

魔領とは竜《ドラゴン》、あるいは巨人《ジャイアント》など大物の魔獣たちが多数棲まい、魔力の源たる魔素《マナ》の大気中濃度が濃く、人には住めぬ土地のこと。

獣にも熊や獅子など危険な生き物はいますが、魔獣となるとその脅威は跳ね上がります。それは彼らの体内に、魔素の結晶化した魔石が存在するために。彼らはそこに蓄えた魔力をもって肉体を強化し、獣にはない特殊な能力を行使するのです。例えば竜種であればその鉤爪は鋼を裂き、その口からは炎を吐くなど。

そのような危険な魔獣を狩り、あるいはダンジョンから産出される魔石によって公爵領の経済は支えられているのです。

「違う！　お前、なぜ暗殺など企んだ！」

お父様は激昂されたように大きな声を出されます。

「これは異なことを。子は親の為す様を見て育つものです。お父様が対立派閥の政敵を暗殺しているのを見、その組織に依頼いたしましたが？」

「な、何を勝手に!」

「勝手ではありません。わたくしはお父様にもマデトヤ男爵令嬢が脅威である旨は何度もお伝えしておりました。ですがお父様は殿下の学生時代の遊びと軽視され、気になるなら自分で対処しろと仰るばかり」

マデトヤ男爵令嬢。彼女はわたくしからの忠告や、取り巻きたちからの妨害をものともせず殿下に近づき続けているのです。大した人物ですよ。

それなのにお父様はわたくしの危機感を理解してはくれませんでした。

「だがいきなり暗殺など!」

「いきなり? 先ほども申しましたが、お父様を始め多くの方に相談を持ちかけていましたし、他の穏便な手立ても行っていました。しかし最近は相談に伺ってもお忙しいと追い払われるばかり。暗殺の件も書面にて家令《スチュワード》より渡しておりましたが、読まれていらっしゃらなかったのですか? お父様は好きにやれと仰ってましたが」

お父様が一瞬怯んだ様子を見せます。

おそらく読みもせずにわたくしに許可を出されたことを思い至ったのでしょう。

「……ぬぬぬ、エリアス殿下がお前を平民と結婚させると言っていたのはどういうことだ」

わたくしは首を傾けます。

「殿下の思いつきではないでしょうか。陛下不在の今、王太子権限でわたくしをどこまで貶められるかということです」

貴人のための牢、北の塔に収監しても、陛下が外遊から戻られれば出されるだけですから。そもそも正式に裁判や婚約を破棄する手続きやら行えば法務官や教会も関わってきますし、時間もかかります。

そういう意味では平民との結婚は奇策ですが、直ちにわたくしの貴族令嬢としての価値を失墜させるには良い手でしょう。

その旨を説明すると、お父様が仰います。

「こちらから裁判にして時間を稼いではどうか」

「構いませんが、暗殺はお父様の指示と取られますわ」

「はあっ!?」

「わたくしはお父様の指示を仰いでいますし、お父様と懇意《こんい》の暗殺者を雇ったと申しましたが。裁判沙汰にして宜しいので？」

お父様は地団駄を踏まれます。

「くそっ、部屋にいろ！」


部屋に戻ると侍女のヒルッカが出迎えました。

「聞こえてたかしら？」

「はい、盗み聞きのような形になってしまい申し訳ありません」

ヒルッカが頭を下げ、わたくしは笑います。

「いいのよ、お父様ったら声が大きいのだもの。屋敷中の使用人に聞かせる気かしら」

「お嬢様、どうなさるのですか?」

「どうもこうもないわね。お父様からは部屋への蟄居《ちっきょ》を命じられているし、おそらく明日にはエリアス殿下からの使者がやってくるでしょう。そうしたらわたくしは平民の嫁ね」

ヒルッカの目から雫が落ちます。

「ごめんなさいね、ヒルッカ」

「なぜ……、なぜお嬢様が罪に問われ、なぜお嬢様が謝られるのですか!」

「わたくしは政争に負けたのよ。実際に罪も犯してるじゃない。謝るのはね、あなたをここに置いていかねばならないことよ。わたくしに仕え続けてくれたのに、その忠節に応えることもできず放り出してしまうことになる愚かな主だから。ごめんなさいね」

わたくしはヒルッカの頭を抱き寄せました。

「……お嬢様、逃げましょう?」

胸元で囁かれます。

「ダメよ。敗者には敗者としての矜持《きょうじ》があるもの」

「平民に嫁がされるのにですか?」

ヒルッカも子爵家の三女です。わたくしほどではないでしょうが、平民としての生活など想像もつかないでしょう。

「たとえ平民に落とされても。矜持を失ったらそれはわたくしではないわ。さあ、荷造りをお願いね。何を持ち出せるとも思わないけど、何があっても良いように」

翌朝、先触れが訪《おとな》いを告げるためにやってきて、昼には殿下の使者が公爵家の王都邸へと見えました。

あまりにも早い動き。夜会の場では殿下はさもその場で思いついたような口振りでしたが、事前にわたくしを陥れるための準備はしていたということでしょうか。少々不穏なものを感じます。

「王国の若獅子、暁の君たるエリアス・シピ・パトリカイネン王太子殿下のお言葉を告げる！」

エントランスホールに平伏するわたくしたちの前で、使者が羊皮紙の巻物を広げ、その内容を読み上げます。

「ヴィルヘルミーナ・ウッラ・ペリクネンは畏れ多くも殿下の婚約者という身にありながら悪所の者たちと交流を持ち、殿下のご友人であるイーナ・ロイネ・マデトヤ男爵令嬢を殺そうとした！　然《さ》りとてペリクネン公爵家のこれまでの王家への忠義は疑うことなし！」

わたくしを排除したいが、ペリクネン公爵家とは繋がりを持ち続けたい、後ろ盾として残って欲しいという浅ましい思考が透けて見える言葉だわ。

うちの弟は殿下の側近ですしね。あの子も殿下側であるというのが分かったわけだけども。ええ、昨日の夜会では殿下の後ろに控えていたし、そのまま戻らなかったわ。

「公爵家が即日ヴィルヘルミーナとの縁を切るのであれば公爵家の責は問わないものとする！　またヴィルヘルミーナはアレクシ・ペルトラとの結婚を命ずるものとする！」

即日、即日ねえ。陛下が戻られる前に引き返せないところまで進めておきたいのでしょう。ちょうど今日は王城で叙勲《じょくん》がされているはず。そのかわいそうなペルトラ氏がわたくしを押し付けられるのね。

「御意、承りました」

お父様が仰った。

使者は馬車を一台置いて帰りました。罪人の護送車のように堅牢で窓一つないものを。

今日中にわたくしを乗せろということです。

わたくしたちは父の執務室へと移動しました。

「ヴィルヘルミーナ、お前との縁を切る」

そう言い放つ、たった今までお父様だった人。

ご丁寧にも貴族の縁切りに必要な書類は使者が持ってきていたわ。執務室の机に向かい、羽根ペンで羊皮紙にわたくしの署名をしていきます。

「かしこまりました、ペリクネン公」

一通り書類を書き終えてそう言うと、なぜか彼は傷ついたような顔をする。その後ろ、泣いている素振りをしている彼の妻の唇が笑みの形に歪むのが見えました。

わたくしは言葉を続けます。

「わたくし付きであった侍女、使用人たちには寛大なご処置を、紹介状を書いていただけることを願います」

使用人たちの就職には紹介状の有無が最重要ですから。

「そのような心配など不要だ」

わたくしはその場で跪きます。

「……亡き母との思い出である鏡台を持ち出すことをお許し願えるでしょうか」

「ならん。手切れに多少の結婚準備金を持たせる以外は許さんとのお達しだ」

……そう、ですか。仕方ありませんね。

ペリクネン公からは小切手一枚を投げ渡されました。

記されている金額は平民の年収数年分にはなるであろう金額です。無論、わたくしが今着ているドレス一着すら買うこともできないでしょうけど。

「はい……ご慈悲ありがとうございます。お世話になりました」

わたくしは立ち上がると執務室を後にします。

廊下にはヒルッカを筆頭にわたくしの従者やメイドたちが並んでいました。彼らは一様に暗い表情で、中には泣き出しているものもいます。

彼らに向かって淑女の礼をとりました。もう貴族でないなら使用人たちに頭を下げても良いでしょう。

「あなたたちの長きに亘《わた》る忠義に感謝を」

「お嬢様！」

その言葉には答えず、彼らに背を向けてわたくしは屋敷の玄関へと向かいます。

そして公爵家の門前には相応しくない、不吉な黒一色の外観で中には硬い椅子しかないような馬車に乗せられて、タウンハウスを後にするのでした。

馬車が辿り着いたのは王城の一室、ただし、貴族の令嬢を迎え入れるに相応しい部屋ではありませんでした。恐らくは文官たちが少人数で会議をするための部屋なのでしょう。

部屋の入り口の外には制服姿の近衛が立ち、わたくしが逃亡せぬよう見張っています。女官たちの姿はなく、茶の一つも用意される気配はありません。

部屋には簡素な六人がけの机と椅子、簡素と言うのは机の脚に彫刻などがなされていないという意味で、安物という意味ではありませんが。

わたくしが部屋の隅に立っていると、それほど待つこともなく文官が部屋へ入室してきました。文官としては上位なのでしょう。地位の高さを感じさせる服装です。次いで教会の枢機卿《すうききょう》、ヨハンネス猊下《げいか》。王太子殿下の派閥の方です。その地位に相応しい枢機卿の赤《カーディナルレッド》を纏っていますが、品性正しからぬ拝金主義者と耳にします。

「お待たせしたかな、ヴィルヘルミーナ嬢。早速だが婚約解消と結婚の手続きを……どうした、座りたまえ」

枢機卿が上座に、文官の方はその隣に座って書類を机の上に置き、向かいの椅子を示します。

彼らの従者もそれぞれ一人ずつが後ろに立たれました。秘密裏に、即座に動くためでしょうか。

枢機卿も仰います。

「どうした。座りなさい」

「申し訳ありません、椅子を引く作法を存じませんでしたので」

わたくしは彼らの真似をして、生まれて初めて自分で椅子を引き、ドレスの裾を畳んで腰掛けました。

今日着ているのはわたくしの持っていたデイドレスの中で、喪服を除いて最も華美には見えないもの。スカートが広がってはいないため、椅子の脚に巻き込まずに座ることができました。

「まずは婚約解消の同意の書類から……そんなに机から遠くてはサインできまい。もっと前に来なさい」

わたくしの机と椅子の間は大きく隙間が開いています。わたくしが首を傾げると、見かねたのか文官の従者の方がわたくしを立たせ、改めて椅子に座らせてくださいました。

少々もたつくところはありましたが、婚約解消の手続きは直ちに取られて婚姻の手続きの書類が渡されます。

「婚約解消後、即座に婚姻は認められていないのでは?」

「それは貴族の慣習によるもので、法によるものではありません」

わたくしが問いかけると文官の方から答えがありました。

なるほど。わたくしは羽根ペンを書類に走らせます。

「枢機卿たる私が直々に祝福をやるというのだ。問題などあろうものか。それより新郎はどうした。全く、私を待たせるなど……」

との言葉も。

無理を通すための枢機卿ですか。枢機卿立ち合いで結婚させたとなると、体面のためにも離婚させられなくなるというのもあるでしょうし。

近頃のエリアス殿下はもはや愚鈍と言って良い人物と思っていましたが、なかなかどうして悪知恵が働きます。

部屋の外から騒ぎが聞こえてきました。

「……結婚など！」

殿方の叫び声と人々の争うような音。

扉が開けられます。

「こんな横暴が！　褒美があるか！」

そう叫びながら入室した殿方は、海藻の塊を頭に乗せているかのように見えました。緑がかった黒髪の蓬髪《ほうはつ》で、長い髪に隠れて目元がほとんど見えません。

身長はかなり高くてすらっとしているのですが、痩せすぎなのと猫背気味なために貧相な印象を受けます。

なるほど、彼がアレクシ・ペルトラ氏ですか。

叙勲の式典のために黒の燕尾服《テールコート》を着ていらっしゃいます。この国の式典における男性の装いは、地位が高いほど色鮮やかな服を纏う権利があります。地位が下がるほど使える色が減っていき、平民は黒と定められているのですが、その服は上等なものに見えました。

胸元には功績のあった研究者や医師などに最初に与えられることの多い、勲章のメダルが輝いています。

ただ、残念なことに服が身体に合っていない。既製品なのか借り物なのか。背丈にはそれなりにあっているのですが、身体の厚みに対して服が太すぎてブカブカです。服に着られているかのようで、ちゃんとした衣装ではあるのに更に貧相な印象を強めてしまうのでした。

彼は一瞬唖然とした様子でわたくしを見ます。

まあその結婚相手がもうここにいるとは思っていなかったのでしょう。わたくしは立ち上がり、淑女の礼をとりました。

「はじめまして、アレクシ・ペルトラ様。ヴィルヘルミーナと申します」

「あ、ああ。アレクシ。アレクシ・ペルトラです」

彼はそう言う間にも、兵士たちに後ろ手を取られ、椅子へと座らされます。

文官の方と結婚が不当であると問答されましたが、結局のところ王太子命令に逆らうことも、枢機卿に抗弁することも平民である彼にはできるはずがありません。

彼が書類に書いた名前はアレクシ・ミカ・ペルトラ。今回の叙勲の際にミカのミドルネームを名乗るようにと、ただの名誉でしかない報酬。そしてわたくしという面倒事でしかない妻を押し付けられた可哀想な殿方です。

その書類を侍祭の方が受け取って枢機卿猊下へと手渡されました。

「……書いたか？　よし。アレクシ・ミカ・ペルトラ及びヴィルヘルミーナの婚姻はここになされ、天上の神はそれを照覧された。我、枢機卿たるヨハンネスはそれを寿ぎ祝福するものなり」

猊下は面倒そうな様子を隠そうともせず、雑に聖印を結ぶ所作を取られてから立ち上がると、部屋を後にされました。

こうして、誓いの言葉も口付けもなく、それこそ会話すらなく。

わたくしとアレクシ・ペルトラ氏は夫婦となったのです。

「半刻ほどしたら帰りの馬車が来る。それまでここで話でもしていると良い」

そう言って文官の方も立ち上がると従者とともに部屋を後にし、室内にはわたくしとアレクシ・ペルトラ氏の二人だけが残されました。

部屋の扉が閉められます。殿方と二人、王宮内で密室に閉じ込められる。念入りに令嬢としてのわたくしを殺しているのが分かります。

一方の彼は頭をぐしゃぐしゃと掻くと、深いため息をつきます。

「なんだってんだ……。なあ、どうしてこうなったのか知っているのか？　あんたは、えーと」

「ヴィルヘルミーナです」

「そう、ヴィルヘルミーナさん。お貴族様……ですよね。家名は？」

何を言っているのでしょう、この方は。

「ペルトラですわ。旦那様」

そう言うと彼は思いっきり噎《む》せられました。

「いや、そういうことではなく！」

「わたくし、昨日家から追放されましたから、それ以外の家名は持っていませんの。追放される前はペリクネン家の者でしたが」

「ペリクネン！　冗談でしょう？　公爵家じゃないですか！」

彼は立ち上がって叫び、わたくしはため息をつきます。

「わたくしは王太子殿下の婚約者だったけど、彼の浮気を正当化するために嵌《は》められたのよ。それで家を追放されて平民のあなたと結婚させられた」

「っ……！　そんな無法が」

無法……ではないわね。王家や領主が婚姻に関する差配をするのは古来よりのやり方であるのだから。地方ではまだそういった習慣が残っているところもあるわ。

もちろん、そんな時代遅れな法を持ち出してくるとは思ってなかったけれど。

わたくしは首を横に振ります。

「そういった意味ではあなたはわたくしの事情に巻き込まれた被害者だわ。でも、あなたがそれに選ばれたということは、あなたも誰かに疎まれている。ご自覚はあるかしら？」

「……平民の研究者が分不相応な成果を出せば疎まれるということです」

そう。研究の世界は知らないけど、そういうものなのね。わたくしが頷くと彼は続けました。

「この結婚はしないといけないのか？　君だって望んでいないだろう？」

「断るのは難しいというか、もう成立しています。離婚も難しいでしょうね、王太子殿下の命令です。国王陛下ご夫妻が戻ればそれを撤回してくださる可能性がないとは言いませんが、枢機卿から祝福を受けたため、教会も婚姻の破棄には反対するでしょう」

彼は再びため息をつくと、椅子にだらしなく座りました。

「いきなり色々と尋ねてしまってすまなかった。そちらからは何かある？」

「……そうですね、旦那様はダサい男ですねと」

びくりと彼の肩が揺れる。

「いきなり何を」

「あら、気分を害されたのかしら」

「いきなり望んでもいない結婚相手と言われてやってきたのに、初対面で暴言を吐かれて気分良いはずもないでしょう」

「そう、それはわたくしもよ。気が合いますわね。先ほどまでのあなたの発言が初対面の淑女・令嬢に対して適正な言葉遣いだったかしら？」

「……仕方ないだろう。あまりにも突然だった」

わたくしは頷きます。

「お気持ちは分かりますとも。ですが、そこで謝罪ではなく言い訳が出るのがダサいと言ってるのですわ」

彼は言葉に詰まります。

「ねえ、なんであなたはボサボサの髪型で、まともな服も着ずに叙勲に臨もうと思ったの？」

わたくしは立ち上がると彼の胸元を掴みます。身体にあっている服を着ていれば、そもそもこんな風に摑めるはずもないと言うのに。

ぱっと手を離し、言葉を続けます。

「まあ、あなたは一種の天才なんでしょうね？　あなたの頭の中はわたくしには理解も及ばないような数式やら魔術陣やら化学的な反応についてで埋まっているのかもしれないわ。身だしなみに時間を割く必要性を感じなかったのでしょう」

「……そうだ」

わたくしは掌で彼の頰を強く張りました。

女の鍛えていない細腕の一撃ですが、彼は無様に後ろに転げ倒れます。

「……なにを！」

「愚か者！　あなたが真に天才と狂人の境にある程なら、叙勲などというものは些事《さじ》とし、この場に来ることすらないわ！」

「なっ」

「のこのこ顔を出すような凡人のくせに、身嗜《みだしな》みもまともに整えられない、王侯貴族たちに初対面で好印象を抱かれようともしていないあなたが無礼よ！」

「し、仕方ないだろう！　そもそも俺たち平民は君たちお貴族様みたいに綺麗には生まれてこないんだ！」

あら、一応わたくしのことを綺麗と思ってくれてはいるのね。

ですが認識が甘いわ。

「確かに貴族たちは美しき者同士を掛け合わせてより美しき次代を産み育てている側面があると言えましょう」

そう、それはまるでより速い馬をつくるための交配のように。

「ですが、わたくしたちが美しくあらんとするため、どれほどの努力をしているというのか。あなたはそれをも理解していない」

わたくしは手袋を脱ぎ、ドレスの袖を捲《まく》り上げて腕を見せます。陶磁が如き白い肌に青く浮かぶ血管の色。

「青き血は生まれながらに青き血なのではないわ。不断の努力と金を積み上げることで、この色を作るのよ」

「……袖を戻しなさい」

そう言いながら彼は立ち上がります。

わたくしははしたなくも捲り上げた袖を戻しました。

「何かあるかと問われましたね。わたくしの夫たるあなたには身嗜みをしゃんとして頂くことを求めますわ」

彼はため息をつき、しばし黙考されてから口を開きました。

「いや……うん。まず、俺は君への無礼な発言、及び王侯貴族というものが生まれながらにしてなんでも持っていると思い違いしていた非礼を詫びよう」

「謝罪を受け入れますわ」

「だが、身嗜みに気を遣うかは否だ。君の言う通り、身嗜みに気を遣うのに労力を使うのは研究者である俺には時間の無駄で、金を使うのは平民には無理だ」

そして彼は自嘲気味に笑いました。

「王侯貴族にはもう近づかんよ。叙勲とかも今後は断るようにするさ」

お気持ちは理解できます。さすがにこんな騙《だま》し討ちのような目にあっては、もはや社交界や王城には近づかないと思うのも仕方ないことでしょう。

ですがわたくしが彼の妻であると言うのであれば、旦那様には見栄えに気を遣っていただきたいのも事実。

ここで論破するのが目的ではありませんし、今回の件の傷心が収まった頃に、少しずつ改善してもらえば良いでしょう。

「仰せのままに」

扉が叩かれ、帰りの馬車の用意がされたとの連絡が入ります。

近衛に案内されて外へ向かうと、そこにあったのは王城に出入りする文官たちのための馬車でしょうか。

従僕が階段などを馬車の前に置いてくださることもありません。

ペルトラ氏……いえ、今はわたくしもペルトラなのでした。アレクシ様はさっさと馬車に乗ってしまわれます。

後ろでくすくすと笑い声が聞こえました。近衛の彼から見ても滑稽《こっけい》な女に映るのでしょうね。

「ヴィルヘルミーナ様、乗るの手伝って差し上げましょうか？」

へらへらとした声が掛けられます。

「不要です。旦那様、アレクシ様」

「ん？　あ、ああ。……そうか」

彼は中腰になって手を差し出し、わたくしはその上に手を乗せます。痩せていても手はしっかりと殿方のものですわね。

思ったよりもずっと力強く腕が引かれ、わたくしは馬車の中へと引き上げられました。

「ありがとうございます」

「すまない。気づかなかった」

座席に座るアレクシ様の目元が赤い。平民ゆえにエスコートに不慣れというよりは、そもそも女性に不慣れという印象ですね。

「いえ、わたくしも平民の生活に慣れてゆかねば」

御者《コーチマン》の男がちらりと振り返って馬車の中、わたくしたちが座っているのを確認すると、すぐに鞭の音が響きました。蹄と車輪の音。馬車が出発します。

馬車の中でお話をしたかったのですが、アレクシ様は顔を窓の外へと向けて動かず、視線が合いません。

ちらりと髪の下から覗く瞳は茶色でしょうか。額や眉のあたりはあまり見えませんが、おそらくは顔を顰《しか》めているであろうことは分かります。

今日一日がこんな日になるとは思っていなかったでしょうし、この先どうするかを考えているのかもしれません。

わたくしも少々疲れました。窓からぼんやりと王都の街並みを眺めていると、突然アレクシ様が大声を上げられました。

「おい、御者よ！　道が違うぞ！」

御者との間の小窓が開きます。

「なんです、旦那」

「俺の家はこちらではない、さっきの角を右だ！」

「知りませんよ。あっしは言われた通りの道を進んでるんだ。旦那の家の場所なんてそもそも知りませんし」

そう言うとぴしゃりと小窓は閉められてしまいました。

アレクシ様は小刻みに脚を揺らします。

「落ち着きましょう。アレクシ様」

「だが……！　いや、そうだな。まだこの妙な状況は続いていると言うことか」

こうして待つこと少々。馬車は王都の外れの方、平民たちの住まう地域の中でも、あまり裕福ではない地域に建つ、一軒の家の前で停まったのです。

馬車から降ります。今度はアレクシ様はちゃんとわたくしの手を取って降りてくださいました。

彼は呟きます。

「どこだここは……」

「もちろん、あなた方の新居ですよ」

そう答える声がありました。先ほど王城で話していた文官の従者をされていた方ですわね。

「なぜだ、俺の部屋はどうしたんだ」

「ペルトラ氏の住居は国立研究所の独身寮だったので、結婚したのですから立ち退いていただきました。この家はエリアス殿下からの結婚祝いという形になっています」

「……あちらの荷物はいつ取りに行けばいい？」

「いえ、既にこちらに運び込まれています」

「ばっ……あそこには振動に弱い素材が！」

アレクシ様は走って扉に飛びつくとドアノブに手をかけますが、鍵がかかっていて開けられないご様子。

文官の従者の方が言います。

「運び込んだのは私の管轄ではありませんので悪しからず。何かございましたら役所の窓口までお越しください。あ、鍵は」

アレクシ様は引ったくるように彼から真鍮製の鍵を受け取ると、扉を開けて中へと入られました。

「はい、確かに。引き渡しは以上です。では失礼します」

従者の方はわたくしに頭を下げると、敷地を後にしました。

ふむ。

わたくしは家を見ます。小さな家。二階建てではありますが、床面積は公爵領のカントリーハウスにある庭師の資材置き場くらいでしょうか?

庭、庭というほどの広さもありませんが、敷地には草が生い茂っています。

わたくしは家の中へと歩みを進めました。

家に入ると、ある程度の掃除がなされていたのでしょうか。開け放たれた窓から差し込む夕陽が、壁や床を橙に染め上げています。

部屋には大量の箱詰めされた荷物。その前で呆然と絨毯も敷かれていない床に膝をつくアレクシ様。玄関の左脇になぜかある竈《かまど》と台所。

奥には狭い階段があり、二階に上がれるようになっています。右には扉。開けてみるとトイレ……の奥に大きな盥《たらい》? トイレで洗濯をするのでしょうか?

この建物全体でも公爵家のエントランスホールよりも小さいのですが、まあ仕方ありませんわね。

「二階に上がってみますね」

返事がありません。壁にドレスの裾を擦らないように注意して上へ。二階は上がってすぐのところに扉があり、それを開けると単純に一部屋しかありません。下が水回りなどで狭かった分、少しは広く見えます。部屋の壁は一部が収納となっていて、家具はベッドが一つあるのみ。

ここで二人で寝ろという意味の当て付けでしょう。昨日まで眠っていたベッドよりはもちろん小さいのですが、それでもこの家の大きさを考えれば充分大きなベッドですし、外壁などの古さに反してベッドの布団は新品でした。

「さて、どうしたものでしょうか……」

呟きながら再び下へと降ります。……踵《ヒール》の高い靴でこの狭い階段は怖いですわ！

「アレクシ様」

「あ、ああ……」

彼の手の中には壊れた硝子の破片。

「お手が傷ついてしまいますわ。一度手を離して。ちょっともう夜まであまり時間がないので先に灯りの用意などしなくては。洋燈《ランプ》などそちらの箱にありますか？　そういえば部屋に暖炉もありませんわね」

「すまない、ちょっとショックで取り乱した。……洋燈はあるはずだ。急いで探そう」

わたくしは箱を開けて中身を見ます。乱雑に投げ入れられたであろう本や書類が輸送中に傾いたか、箱の中で雪崩をうっています。

「平民の家に暖炉はない。暖炉には税が課せられているからな」

アレクシ様は立ち上がりながらそう仰います。

「まあ、寒い日はどうされるのかしら」

「あれば火鉢を使うか、布を被るか、なければ我慢するんだ」

彼は台所へ向かい、屈み込むと床に手を当てました。なんと床の一部が外れて穴が空いたのです。

彼はそこに身を乗り出して中から荷物を引き出しました。

「ああ、一応洋燈や油は用意されてあったぞ。流石《さすが》に魔石式のではなかったが」

ペリクネンの屋敷には魔石式の灯りしかありませんでしたが、これは油を燃焼させる形式のものであるようです。

魔石とは魔獣の体やダンジョンから産出するものであり、魔力が結晶化したものとされています。魔領に隣接するペリクネン公爵領は魔石の一大生産地でした。特に安定して魔石供給がなされるダンジョンは、王国にはパトリカイネン王家所有のものとペリクネン公爵領のものしかないためです。

魔石は大粒のものであれば宝飾品として、魔術の媒体として、小粒のものはこうして燃料としても使われるのです。しかしダンジョンには危険な魔獣が棲みつくため、その産出には危険が伴うのでした。そしてそれがさらに魔石の価値を高めていたのです。

アレクシ様が洋燈を点火すると赤みを帯びた炎の光が灯り、それからほんの少しして日が落ちました。危ないところでしたね。彼がそれを梁《はり》にかけて部屋が明るくなるようにしました。

わたくしは箱の中からクッションのようなものが何個か見つかったのでそれを床に置きます。

そして二人で並んで座りました。ため息の音が重なります。

アレクシ様は首元に手をやり、白の蝶ネクタイを解いて箱の上に投げ捨てます。

「さて、どうしたものか。君は……」

「ヴィルヘルミーナです。名前でお呼びください」

「あー、ヴィルヘルミーナさん。これからどうします?」

「どうする、とは?」

「正直、ここに住むのは貴族のお嬢様には難しいのでは？」

なるほど、生活の心配でしたか。もちろん、世間知らずのわたくしがここで共に住まうのが厳しいのは間違い無いでしょう。

「確かに困難は大きいと思います」

「例えばどこかで宿暮らしをしていただく訳にはいかないのでしょうか？」

「別居ということですか」

アレクシ様は頷かれました。わたくしは首を横に振ります。

「宿暮らしを続けるための資金の問題もありますが、少なくともしばらくの間、この家は殿下の手の者に見張られているかと存じます。わたくしたちのどちらかがこの家を離れて生活することを許さないでしょう」

舌打ちが響きました。

どのみち、わたくしはここを離れて生きていく術はないのです。

公爵家から放逐され貴族ではなく、令嬢としての価値も失った。平民として生活する力はなく、修道院の門を叩こうにもこの国の、ヨハンネス枢機卿の手の届く範囲では無理でしょう。

「俺みたいな男といきなり結婚させられて、嫌じゃないんですか。平民で、お貴族様の従僕みたいに見目が良いわけでもなく、女性の扱い方も知らず、頭でっかちのひょろっとした貧相な奴だ」

ふふふと笑みが溢れます。

「アレクシ様、わたくしの前の婚約者はね。王族で、見目だけは良くても、常識も知らず、乱暴で、婚約者に仕事をさせているのに暴言を吐く、馬鹿な浮気者だったのですよ?」

アレクシ様はぎょっとした表情で周囲を見渡し、ため息をつきます。

「もし聞かれていたらどうするんだよ」

「彼はわたくしにとことん嫌がらせをしたいのであって、殺しはしないから大丈夫ですわ。ねえ、アレクシ様、あなたとエリアス殿下、どちらが良いと思います?」

「……そうだよな、その王子のせいで俺たちは嵌められてるんだよな。王子はないわ」

「そういうことです。不束者ですがよろしくお願いいたしますね、旦那様」

アレクシ様はふー、と溜め息を吐かれました。

「……まあ同居に関しては仕方ないか。だが旦那様と言われても困る。俺はあくまでもこれは偽装結婚というか、白い結婚の類だと思っているからな」

「わたくしが子を成さないことでの離婚を考えておられますか? 離婚は難しいと思いますが」

「現状は、だろう。国王陛下が戻られれば状況も変わるはずだ」

アレクシ様は優しいのか、残酷なのか。離縁が成立した場合、わたくしの名誉など欠片も残らぬというのに。そもそもそれ以前に離婚裁判など夫婦の尊厳を蹂躙《じゅうりん》するものですわ。いえ、それはあくまでも彼が貴族社会や女性の社交に関し無知なだけであり、悪意はないのでしょう。

「そうなるとよいですわね」

「さて、食事は食べ損ねたが今日はもう寝るとしよう。日が落ちてから貧民街に近いこの辺りを出歩くのは危険だ。土地勘も無いしな」

「そうですわね」

庭には手押しポンプ式の井戸があったと、アレクシ様が盥に水を汲んでくださいました。それと箱の中から清潔な布を見つけたので、それで顔を洗わせていただきます。

「なんだこれはっ！」

その間に二階を見に行っていた彼の叫び声が聞こえます。そしてドタドタと下に降りてこられました。

口をぱくぱくと開けられて言葉が出ない様子なので、こちらから声をかけます。

「わたくしは同衾《どうきん》しても構いませんわ」

「構うわ！　俺は下で寝る」

「しかしアレクシ様を床で寝させる訳には……」

「一緒では俺の気が休まらん。今日は君が」

「ヴィルヘルミーナ」

「……っ、ヴィルヘルミーナがベッドを使ってくれ」

「承知いたしました。わたくしも昨日今日とさすがにだいぶ疲弊しているので、お心ありがたく頂戴いたします」

「ああ」

「おやすみなさい」

わたくしは礼をとって二階へと上がります。

月明かりと王都の夜景に僅かに照らされる部屋の中でドレスを、コルセットを脱ぎ捨て、クローゼットとも言えないような小さな収納にかけておきます。一番簡素なドレスにしてよかったわ。一人でも脱げるようなものでしたから。

宝石入れ……はありませんし、コルセットの陰に手袋を畳み、その上に置いておきましょう。ハイヒールも脱いで、床は冷たいですがやっと足が解放された気がします。家用の履き物も欲しいところですわね。

ですがもう全ては明日。わたくしはベッドの中へと潜り込むと、頭の中でおやすみなさいと考えるまもなく、意識は一瞬で闇の中に落ちました。

眠ったのが早かったため、目が覚めたのは夜明けでした。

曙光が顔にかかります。

目を開けるとそこには薄桃色の布に薔薇《ばら》の刺繍がされた天蓋ではなく、灰色の天井が映りました。

「平民は家の天井に絵を描きませんのね……」

横を見るとなるほど、カーテンもなく、昨夜窓を閉めることもありませんでした。四角くくり抜かれた枠のような窓に取り付けられた板の隙間から光が差し込みます。

もぞもぞと光から逃れるように寝返りをうちましたが、だんだんと明るさは増していき、朝の冷たい空気が顔を撫でます。

わたくしはゆっくりと身を起こしました。こんな時間ではありますが眠気はありません。よほど深く眠っていたのでしょう。

「肌寒いですわ」

布団を掻き抱いてぼーっとしていると、思わず声が漏れます。

「そう、ヒルッカたちもいないのよね」

わたくしが目を覚ませばすぐに朝の支度をしてくれた彼女たちはもういません。これからはわたくしが一人でそれをせねば。

そう決意していると階下から物音が聞こえることに気づきました。アレクシ様も起床されていたのでしょう。階段をのぼる足音が聞こえ、すぐに扉を叩く音に変わりました。

「起きていましてよ、どうぞ」

「失礼しま……うひゃあ！」

彼は仰け反り、階段から足を踏み外しかけました。

顔を掌で押さえられましたが、その下の頬が真っ赤です。

「おはようございます。アレクシ様」

「なななななん、おい君は」

「ヴィルヘルミーナですわ」

「っ！　ヴィルヘルミーナ！　なんで何も着ていないんだ！」

わたくしは首を傾げます。

「もちろん寝間着を持っていないからですわ。それに裸で寝るのは不調法という訳でもございませんでしょう?」

「ばっ……! 俺がいるんだぞ!」

「旦那様の前ですから問題ありませんわ」

彼はそれには答えず、怒ったようにどすどすと音を立てて下に降りていきました。

荷物をひっくり返す音がしたかと思うと、また階段をのぼってやってこられます。

「俺ので悪いしサイズはわからんがどれか着てくれ! 俺は朝食を買ってくるから、その間に必ず、必ず何か着ていてくれ!」

そう言って部屋の入り口に洋服を積み上げて、また階段を駆け下りていかれました。

「いってらっしゃいませ」

ううむ、どうもお忙しいのか『おはよう』も『いってきます』も言ってくださいませんわ。言っていただけるようにしなくては。

元家族であった公爵家も使用人のみんなはしっかりと挨拶してくれたのですが、両親ら家族はほとんど挨拶を交わしてくれなかったのです。王太子殿下もそうでしたわ。

わたくしはアレクシ様には挨拶していただけるよう頑張ろうと心に決めたのです。頼めばわたくしの名を呼んでくださる方なのだから。

わたくしはアレクシ様のシャツを羽織り、ボタンを留め……。

ぬ、胸が……アレクシ様は殿方ですが身体が細すぎて……っと。なんとか入りましたが胸がきついですわ。

一方で袖や裾は余りすぎです。袖は何度も捲ってちゃんと折れば良いですが、腿までシャツの裾がいくのは流石に不格好すぎます。仕方ないのでお腹のあたりで縛りましょうか。

ズボンもまあ……ヒップがちょっときついですが問題ないでしょう。裾は何度も折り返しましたが。サンダルを置いてくださったのは助かりますね。素足でサンダルをつっかければ出来上がりです。

ブカブカなので転ばないように注意しましょう。

平民の服を着るのは初めてですが、胸がきついことを除けば問題ないですね。初めてでも自分で着ることができましたし。

わたくしは着なかった残りの服を抱えて一階へと降ります。

小さめの盥に水が張られていたので、それで顔を洗わせていただきました。

「食べるものを買ってきまし……あぁ……」

「おかえりなさいませ」

わたくしは挨拶をします。

ですが小脇に紙袋を抱えた旦那様は天を仰ぎ、空いた片手で顔を押さえてしまわれました。

「そりゃあサイズは合わないですよね」

「仕方ありませんわ。後ほど買い物に出られればと」

「……決してその格好で出ないでくださいね」

そう言いつつ小脇に抱えた袋の一つを手渡してくれます。

それは二枚のパンの間に肉や野菜が挟まれたものでした。まだ温かく、ソースの匂いが漂います。

そういえば昨日は夕飯も食べていなかったのでした。空腹を思い出したかのようにお腹がきゅうと鳴ります。

「朝食です、あと飲み物。お貴族様の舌には合わないかと思いますがご容赦を」

素焼きのコップを二つと瓶を一本。濁りのある赤い液体が注がれて手渡されました。

「こちらは?」

「ピケットです。質の悪く酒精の弱い葡萄酒《ワイン》ですよ。平民が良く飲むものです」

荷物の入った箱を机がわりに、そこに食事を並べます。

「食前の祈りをお願いできますか?」

「……すまんが食事前に祈る習慣がない」

なんと。本来は家長である旦那様が神への祈りを行うべきですが、仕方ないですわね。

「ではわたくしが祈りを捧げても?」

彼が頷かれたので、わたくしは手を合わせて頭を下げました。

「主よ、あなたの慈しみに感謝いたします。ここに用意されたる今日の糧を祝福し、わたくしたちの命を支える糧としてくださいますように。今日の糧を用意してくれた者に幸ありますように。そうあれかし」

アレクシ様はわたくしの祈りを待ち、最後の『そうあれかし』は唱和してくださいました。

「アレクシ様、食器《カトラリー》はありませんか？」

「……箱のどこかにはある。ただ、これはこうして」

そう言って彼は袋ごとパンを持ってかぶりつきました。

まあ。食器を使いませんのね。効率的と言えば良いのか野蛮と言うべきか。

わたくしも見様見真似でパンの端をかじります。

ふむ、まあパンですね。領地の農民たちはライ麦の黒パンを食していましたが、王都では平民でも小麦のパンを食するようです。

それはそれとして、一口で挟まれた具までたどり着きませんわ。

ううむ、口を開けないようにと、咀嚼《そしゃく》しているのをあまり見せないようにと作法を学んできたわたくしには食べづらいものですが仕方ありません。

袋で口元を隠すようにしてちょっと大きくかじりつきます。

ん、なかなかのお味。肉の質はいまいちですが、これはミートローフのようにすることで柔らかく食べられるようにしているのでしょう。なるほど、工夫を感じます。

飲み物を一口。うーん、これはあまり美味しくはない。味も香りも酒精も薄く澱《おり》のある葡萄酒という感じですが、酒というよりはお茶の代わりというところでしょうか。

わたくしがパンの半分も食べ終わらないうちにアレクシ様は食事を終えられました。

「悪いがお先に。仕事に行かなくてはならないんだ」

「それは仕方ありませんわ。お気になさらず」

おや、随分と早いですわね。平民たちの朝は早いとは言え、研究者ということは学歴ある者たちであり貴族出身の者も多いはずですからね。アレクシ様が研究所に勤めているにせよアカデミーにいるにせよ、始業にはもう少し余裕があるのでは。

「土地勘がないからな。一応いま出た時に辻馬車の位置を聞いてはきたが、どれくらいかかるのかわからん。あと、できれば早く戻って買い物などしたい。明日以降、休みも取れるか聞いてはみるが期待はしないでくれ」

「お気遣い感謝いたしますわ」

「うん。だから今日俺が戻ってくるまでは勝手に出かけないでくれ。誰か来ても中に入れたりしないように。大丈夫?」

そう言ってジャケットを羽織ると、玄関へと向かわれます。

わたくしは食事を中断して立ち上がりました。

「承知しました。いってらっしゃいませ」

「ああ」

「アレクシ様、いってらっしゃいませ」

「ん？　うん」

「いってらっしゃいませ」

「……いってきます」

わたくしが笑みを浮かべると、彼はどことなく恥ずかしそうに顔を赤らめてから家を出られました。

一歩前進、いえ、半歩でしょうか。

さておき、アレクシ様が戻られるまで何をいたしましょう。お腹は満足しましたから、残りのパンはお昼にでもいただくとしましょうか。

いつ戻られるのかは分かりませんが時間はありますし。

本当はアレクシ様のいらっしゃらない間に買い物に行きたかったところではありますが、女性一人では危険という口振りでしたし家にいるとしましょう。

とは言え家の中でわたくしができることは限られています。わたくしは箱の山を見ます。……ふむ。

アレクシ様の荷物の片付けでもいたしましょうか。

「勝手に触られるのは嫌がられるかもしれませんし、重いものはそもそも運べませんが……」

それでもいくつもの箱の中に乱雑に詰め込まれているよりはずっと良いはずです。

アレクシ様が先に本棚を出していたので、そこに本を詰めていきます。

タイトルを眺めると『ダンジョン毎の魔石の品質と性質の違い』『魔獣一覧』『大気中魔素の性質』『魔導工学Ⅲ』……ダンジョンや魔獣についての本が多いため、領地のカントリーハウスで見たことのある本もいくつかあります。

ええ、ペリクネン領にとっては最も重要といって良い調査内容ですからね。

さて、本棚に並べるのはタイトル順か作者名順か……。先にある程度カテゴリで分類した方が良いでしょうか。

「そうですね。流石にこの『ドキドキ★マリンちゃんのムチぷり♥パラダイス』が研究書の隣にあったらいたたまれないでしょう」

ほうほう、これはなかなか……。なるほどムチぷり。アレクシ様はこういうのがお好みと。

まあわたくしに見られている段階でいたたまれない気もしますが。

本棚に本を詰め、今度は書類の整理です。

研究関連の書類やメモが多いですが、仕事をご自宅に持ち帰っていたのでしょうか。

走り書きのようなものもたくさんあるので、別途纏めておきましょう。無地の紙もあったので、時間があればそれらを清書しても良いですね。

それとは別に私信や事務的な手紙、請求書なども仕分けしていきます。

どうしてこういう作業ができるかというと、エリアス王太子殿下のせいですわ。

わたくしが殿下の婚約者であった頃、学ばねばならないのは本来、王太子妃としての教育、将来王妃となるためのものでした。

それは大半が礼法や社交に関わることに特化したものです。例えば国際関係、隣国の産業などについて学ぶことも、それは国交という国単位での社交をするための知識なのです。

「ですがあの馬鹿殿下が……」

ええ、エリアス殿下が王太子としての学習やら将来の国王陛下としての訓練として振られた実務を勝手に抜け出すせいで……。

手元でくしゃりとメモを握りつぶす音がしました。

いけない、つい怒りが。

学習や作業を途中までやってはすぐにやる気をなくし、わたくしに行わせるのが常態化していました の。本も書類も放り出してね！

大人たちも癇癪《かんしゃく》持ちの殿下を諫めるのをあきらめてわたくしに回すことが増えましたし……。

という訳で不本意にもこのような作業が得意になってしまった次第ですわ。

その時間で殿下はあのマデトヤ嬢とやらと、よろしくやっておられたんでしょうけどね！

再び手元でメモがくしゃりと音を立てました。

あとは……、昨日アレクシ様がおそらく大切にしていたであろう壊れてしまった器具を並べておきましょうか。破片で手を傷つけないよう注意して集めておきます。

硝子の破片、歪んだ金属、それとこれは魔石の欠片ですね。

本の傾向からしても、ダンジョンや魔獣というより、それから産出される魔石に関する研究を行っているのでしょう。


わたくしはお昼に休憩して先ほどのパンの残りをいただくと、見つけた羽根ペンとインクのセットをお借りし、メモ類の清書と纏めを行います。

「ふうむ、なかなか特徴的な文字を書かれる……」

彼の文字は小さいですが筆圧が強い。角張った文字は書道《カリグラフィー》的な意味として美しくはないのですが読みやすい。誤読しづらいといいましょうか。

筆跡からの性格診断などありますが、理性派で自己主張は控えめですが内に秘めた意志は強い……そんな感じでしょうか。やはり研究者などはこういった文字を書かれる方が多いのかもしれませんね。

さておき、わたくしが彼に妻としてできることは正直あまりないのです。平民の奥方のように家事も炊事もできませんし。

お茶会の主催者として美味しいお茶の淹れ方は学んでいますわ。主催者自らお茶を淹れることを尊ぶ文化の国もございますもの。

でもわたくしはこの竈で、お茶を淹れるためのお湯を沸かすことすらやったことがないのですから。

お昼を過ぎ、まだ夕方には早いであろう時間です。扉の鍵が回され、アレクシ様が帰ってこられました。

「おかえりなさいませ、アレクシ様。お早いのですね」

わたくしは立ち上がり、彼を出迎えます。

「ただいま。ああ、さすがに早退させてもらった」

まあ、ちゃんとただいまの挨拶をくださいましたわ。

「……これはあなたが?」

彼の顔には驚きが。その視線の先は揃えられた本棚と、箱の上に小分けして纏められた書類、片付けられた実験器具。

「ええ、本の置き方には本当はアレクシ様の使いやすい並びがあると思いますので、差し出がましいかとも思ったのですが。どのみちああも乱雑に箱の中に詰められていてはと、並べさせていただきました」

「いや、全然構わない。……書類も？」

「勝手ながら、まずは私信と事務的なもの、研究内容に分けました。研究のものは分野ごとに纏め、メモ類は清書しております。まだ途中ですけど」

「あなたが神か」

アレクシ様はわたくしの前に跪き、手にしていた清書のメモを恭《うやうや》しく受け取られます。

「神ではありませんが」

「ありがとう、本当に助かる！」

彼は嬉しそうに笑みを浮かべられました。

わたくしの中がじんわりと温かいもので満たされていくのを感じます。

そう、殿下は一度もわたくしに感謝してくれたことはなかったのだとふと気付きました。

さて、取り急ぎ出かけることになりました。

わたくしとしては父からの手切金として渡された小切手や宝飾品の現金化を先に行いたいところですが、日用品も無いのは困ったところです。

とは言え、あまり治安が良くないということの家に宝石類を置いて出かけるのも不安ですわね。

そのようなことを思っていたとき、コンコンと扉を叩く音がしました。

「はい、どなたです?」

アレクシ様は扉を開けずに誰何《すいか》されます。

「わたしはヒルッカ・ヘンニ・ハカラと申します。先日までそちらにいらっしゃるヴィルヘルミーナお嬢様の侍女を務めていた者です」

まあ、ヒルッカ!

アレクシ様がこちらに振り向かれたので、肯定の頷きを返します。

彼が扉を開けると、目立たぬようにでしょう、黒白の下級使用人服を着込んだ姿のヒルッカが飛び込むように入ってきます。

「お嬢様!」

「ヒルッカ、良くこちらに来られたわね!」

わたくしは彼女を抱きしめます。ヒルッカもまたぎゅっとわたくしを抱き返しました。

「はい、お嬢様がどこに連れ去られたか分からなかったため、こちらのペルトラ氏を尾行させていただきました」

アレクシ様を見ると驚かれた表情。全く気付いていなかったのですね。

ああ、なるほど。だからアレクシ様が帰ってきてすぐに来たのですか。

「ペリクネンのお屋敷での仕事は?」

「ご当主様には気付かれないよう、執事《バトラー》のタルヴォさんに仕事を外してもらっています。使用人の皆もお嬢様がご無事か心配しておりますので」

「彼が差配してくれているの？　わたくし付きの使用人たちは不当な目には遭っていない？」

タルヴォはわたくし付きの執事でした。わたくしが勘当されたことで、使用人たちにも迷惑がかかってしまったというのに。

「ええ、昨日の今日ですし、即座に解雇などということにはなっていません。それでもタルヴォさんは下級使用人のための紹介状をいつでも渡せるように用意を始めてくださっています」

彼に任せておけば良く計らってくれるでしょう。

僅かなりとも心が軽くなります。

「ヒルッカはわたくしたちのことを報告するのかしら？」

「タルヴォさんには報告させていただきます。他の方にはご無事だとだけ。……まあ快適な生活とは言い難いみたいですが」

ヒルッカは家の惨状に目をやりました。書物と書類は整理しましたが、他はまだ手付かずですからね。

「それはそうよ、昨日の夜にわたくしたちはここに放り込まれたばかりなんだもの。これから不足しているものを買いに行こうとしていたところだったのだけど」

ヒルッカは改めてわたくしの姿を見ます。はちきれんばかりの胸元、縛ったシャツの裾から覗いているお腹と視線が移動し、彼女の顔が赤く染まります。

「お、お嬢様！　なんと破廉恥《はれんち》な格好を！」

　彼女はわたくしから目を逸らし、キッとアレクシ様を睨みました。

「し、仕方ないだろう！　彼女は着ていたドレス以外何も持たずに追い出されたのだ。俺だって女物の服なんて持っていないし！」

　ヒルッカはため息をつきます。

「確かにこの辺りをドレス姿で歩いたら犯罪者の良い的ですが、そのような破廉恥な格好で歩いても同じですよ」

　なるほど、ヒルッカが普段の侍女としてのドレスではなく、使用人のお仕着せを着てきたのもそういった配慮なのね。

「ペルトラさん、ヴィルヘルミーナ様と衣装を交換してもよろしいでしょうか。わたしとお嬢様であれば体格は近いですし。使用人の服であればまだ……お嬢様の美貌は隠せないにしても、多少は目立たないでしょう。そしてあなたとヴィルヘルミーナ様がお出かけされている間、わたしがこの家で留守番して掃除でもしていて構わないでしょうか？」

「うむ……こちらにとってはありがたい話ではあるが？」

　アレクシ様がこちらに視線を送られました。

「彼女に裏切られるくらいなら諦めて死を選びます」

「ヴィルヘルミーナ様！」

　ヒルッカが声を荒らげました。わたくしは彼女を宥めるように肩に手を置きます。

「それくらいには信用しているということよ」

「わかった。ありがとう、あー、ハカラさん。よろしくお願いします」

アレクシ様が頭を下げました。

「いえ、ヴィルヘルミーナ様の旦那様であれば、わたしにとってもご主人様のようなものです。お気になさらず。着替えてくるのでお待ちくださいね」

そう言うと彼女は立ち上がり、わたくしの手を取って二階へと誘《いざな》いました。

衣装を交換しながら話をします。

「ヴィルヘルミーナ様、ペルトラ氏はいかなる人物ですか？　あまり冴えない容貌の殿方ですが」

ふうむ、冴えない容貌。その通りではあるのだけれども。

「そうね、髪とか鳥の巣か海藻のサラダみたいですものね。でも身なりに気を遣ってもらえれば、冴えないという評価は無くなると思うの。あと研究者としては優秀で熱心なのではなくて？　それ故に貴族たちから疎まれてわたくしを押し付けられたのでしょうけど」

「つまり世界で最も幸運な男ということですね。で、抱かれましたか？」

「ななな、何を言うのよ！」

ヒルッカがにやりと笑みを浮かべます。

「そりゃあお嬢様は魅力的ですし？　夫婦ですし？　この部屋にはベッドが一つしかないですし？」

わたくしは溜め息を一つ。

「昨夜、彼は紳士的にもわたくしにベッドを譲り、下で寝てくださいましたわ」

「ふむ、紳士かへたれかは保留としておきましょう」

そうして着替え終えると下へと戻りました。

第二章：初めての買い物と王太子の誤算

「ふはははは、ついにやってやったぞ！　あの女狐めを平民へと叩き落としてやったわ！」

余は王城の離宮、王太子がための棟にて快哉《かいさい》を叫んだ。

喜びの声もあがろうと言うものだ。

ヴィルヘルミーナ・ウッラ・ペリクネン、余の婚約者であった女。多少見目の良い女であったことは認めよう。だが次期王たる余の気分を害することしかしない女であった。

ペリクネン公爵家は王国の貴族として最も豊かであり、魔獣共との戦いもあって兵も精強。王家からしても最も気を遣わなくてはならぬ家であり、余とあの女の婚約は幼い頃から定められておった。

だがまずそれが気に食わん。余の人生の伴侶は余が決めるべきだ。

そしてあの女は同い年でありながら常に小煩く勉強しろだの執務しろだの不敬な発言を続けてきたのだ。

「でもいいのかな。ヴィルヘルミーナさん可哀想だわ」

余の隣で可愛らしく鈴が鳴るが如き声が響く。

「おお、愛しのイーナよ。何と優しい慈悲の心、まるで翼なき天使のようだ。だが悪しき者には相応の罰が必要なのだ。そして美しく心優しき者にはそれに応じた地位が」

余がイーナを抱きしめると、彼女はえへへと笑みを浮かべた。

高位の貴族令嬢どもの上っ面の微笑みに比べてどれほど愛らしいことか!

「ではイーナよ、この離宮に部屋を用意してある。早速今日からここに住まうと良い」

「ありがとうエリアス様!」

彼女と唇を合わせる。

イーナとは幾度となく口付けを交わしてきたが、それはいつでも天上の甘露《かんろ》が如き甘やかさ。

手を取らせることと社交の場でのダンス以外の接触を拒んできたあの女とは違う。

公爵家でも後妻との仲が悪く、そこから家族の中でも溝のあったヴィルヘルミーナを平民へと落とした。

男爵令嬢であるイーナは王太子たる余とでは家格が釣り合わぬが、ペリクネン公爵家の養女としてから嫁がせることで問題はない。

彼女を養女とし、またあそこの嫡男を余の側近とすることでペリクネン公は余の後ろ盾を続けるとの誓約もさせた。

教会の枢機卿すら使ってのこの手際、父王や貴族院とて異論など挟みようがあるまい。

「明日からイーナには王太子妃としての教育を受けてもらう。なに、あの女にもできたのだ。イーナなら余裕であろう」

「うん、イーナ頑張るね！」

彼女は両手で拳を握って見せた。

「詳しくは侍女より聞きたまえ。余も午前中は公務を行う。午後には共に城内の薔薇園でも散策しようではないか」

「うん、嬉しい！　待ってるね！」

こうして余の人生における最良の一日を終えた。

だが翌日、余が公務をこなすべく機嫌よく執務室へと赴くと、机には書類が山のようにうずたかく積まれていたのであった。

「何だこの書類の山は！　貴様らは整理もできんのか！」

部屋に立ち、文官どもを指揮して書類を運ばせていた内務長が答える。

「こちらは殿下の御裁可を待つ書類にございます」

「なぜこんなにあるのだ。斯様に多いはずがあるか」

「いいえ、当然の仕儀かと」

内務長は飄々《ひょうひょう》とそう言ってみせた。

「ふむ？　説明することを許そう」

全く、つまらん理由なら叩き切るぞ。

「理由は二つ御座います。一つは陛下と妃殿下が外遊なさっているのですから、その分の代行としてのご公務が増加しております」

「うむ、当然だ。だが先日までこんな量はなかったぞ」

今の余は国王の代行であるからな。とは言え、盛大なパレードを行って両親が王都を出立してから、もう半月程が経った。その間、公務の肩代わりを行っているが、書類仕事がこれほどに増えたことはなかった。

「そこで二つ目ですが、殿下はこれらの仕事を全てペリクネン公爵令……あー。ヴィルヘルミーナさんに回されていたのを覚えておられますか？」

「なに？」

内務長はため息をついた。

「覚えておられないのですね」

「記憶にないな」

「左様ですか。彼女はここ数年、殿下が行うべき決裁のうち八割を担当されていました。陛下が外遊のため、その代行として増えた分に関しましても半月前に一度こちらに運び込みましたが、『そんなものはあの女に任せれば良いだろう』と殿下は仰いました。それもご記憶にありませんので？」

言った……ような気もするか？

正直ヴィルヘルミーナを追い落とすための工作に忙しくしていたからな。そのような些事は記憶に残っておらん。

「あの女ごときにできる内容ならお前たちでできるだろう」

「殿下は王太子としての印章を婚約者である彼女に渡しておられた。本来はそれも非常に宜しくないことですが、それゆえに彼女が書類の決裁を行うことができたのです」

「貴様、どうも表現が不快だな」

「申し訳ございません」

内務長は申し訳ないとも思っていないような平坦な声を出しながらも、頭だけはきっちりと下げた。

「印章は彼女のための臨時の執務室から保管箱ごと回収し、そちらの机の上に置いてありますが。……いかがなさいますか？」

「どうするとは？」

「王家の印章を我々文官にお預けになって宜しいので？」

「馬鹿な、それでは誰が王か分からぬではないか」

「結構なことです。それでは決裁をよろしくお願いいたします」

そう言って内務長は山のように書類の積まれた執務机を指し示したのだった。


わたくしはアレクシ様と町に出ます。

今まで王都のこの辺りは歩いたことがありませんが、確かにあまり治安の良い区域とは言えないでしょう。表通りはそれなりに綺麗ですが、裏通りにちらと目をやれば、まだ昼のうちだと言うのに酔漢がふらふらと道を歩き、路上で寝こけている者も。

「まずはどこへ行こうか」

「わたくしの服を見たいところですが……」

わたくしは言い淀みます。

「どうした？」

「どうやって支払えば良いのでしょうか？　実はわたくし、お金というものに触ったことがありませんの」

「お金が無いではなく、触ったことがない!?」

アレクシ様は驚いた様子。ええ、わたくしにとってお金というものは国家や領地の税や予算という紙面上の数値としてはよく扱っていましたけど、実際に手にするようなものではありませんわ。

買い物はしても値段などをわたくしに伝えてくる店員などいませんし、支払いは常に後で家に請求されて、執事たちが管理するものですから。

「ええ。もちろん手元にもないので、お貸し願いたいのですが。おそらく昨日着ていたドレスの宝石を換金すれば平民の服くらいなら買えるのでしょう？」

アレクシ様が突如、地面に膝を突かれました。

まあ大変、お疲れなのかしら。

「アレクシ様、大丈夫ですか？」

「ダメかもしれない。あなたは」

「ヴィルヘルミーナ」

「ヴィルヘルミーナ、にんじんって一本いくらくらいか分かりますか?」

突然、にんじんがどうしたのかしら?

「ふふ、わたくしこれでも国家の予算については詳しいので、にんじんの単価についても知悉《ちしつ》していますのよ。平均で小金貨一枚くらいでしょう?」

アレクシ様は地面に手を突かれました。

まあ大変、目眩かしら。

「多分それは畑一面あたりの平均単価だ……」

あらあら。

「ともあれ服があればアレクシ様が仕事の間に出かけて買い物に行くこともできると思いますの」

「値段を覚えるまで一人で買い物は禁止します」

どれだけぼったくられるか分かったものではない。アレクシ様は立ち上がりながらそう呟かれました。むぅ。

「ただ、服はどのみち買いましょう。お金は俺が出すので」

アレクシ様もちらりと路地の方を見て言われます。

「散歩とかもしたいだろうとは思うけど、昼のうちに大通りだけを歩くようにしてくれ。絶対に」

そんな話をしつつ服屋です。平民の服屋は初めてですが、そもそも仕立屋を呼ぶでもなく、店でサイズをはかって作ってもらうでもありません。

あらかじめ作られた既製服というものを買うのなら上等、基本的には誰かが着た中古を買うと言うのが一般的であるようです。

「えーっと、古着、中古って分かる？」

アレクシ様が問いかけます。わたくしは自信を持って頷きました。

もちろん中古の概念は理解していますわ。わたくしも一度着たドレスは下賜していましたからね。

ヒルッカにも何着か下げ渡したことがありますし。

店に入ると薄暗い店内に、大量の服が積まれています。

「なるほど、こうやって売っているのですね」

アレクシ様は女性の店員を呼び止めます。

「彼女に服を見繕ってくれ。ちょっと良いとこに出掛けられる程度の新品を一着と、古着でこの辺を出歩けるのを数着。あと下着と靴は扱っているか？　無ければお勧めの店の場所を教えてくれ。予算は……」

そう話した後、わたくしに話しかけます。

「ちょっと俺は他の店に買い物に行って良いか？」

「あら、わたくしにどれが似合うかとか言ってくれませんの？」

彼は思いっきり顔を顰めました。

「やめてくれ。俺に女のファッションが分かると思うか？　それと他にも色々と買い物をしておかないと時間がない。急いで戻ってくるからこの店にいてくれ」

まあ、ご自身の服もあまり気を遣っておられませんし、女性慣れしている様子もありませんからね。

本当は異性のファッションについても経験で覚えていくもの。女性の着る服と似合う殿方の服装とは何であるのか、考えるようになって欲しいのです。

ですから一緒に買い物をしていただきたいのですが……。今は入り用のものが沢山あるであろうことも事実ですからね。仕方ありませんわ。

「わかりましたわ」

「じゃあ行ってくる」

そう言ってアレクシ様は軽く手を上げて店を出ていかれました。

店員が隣へとやって来ます。

「じゃあ服を選んでましょうか。気前の良いご主人様ですね？」

ご主人……ああ、わたくし今、下級使用人の服を着ているのでした。

きっと裕福な平民が雑役女中《オールワークスメイド》でも雇っていて、何らかの褒美にでも服を買っているように誤解されているのではないでしょうか。

これはいけませんわ。アレクシ様への誤解を解いておかねば。

「いいえ、わたくしは彼の妻ですの」

「んぐっ!?」

店員は何か変なものでも飲み込んだかのような珍妙な音を出されました。

なぜかその後で服を選んでいる最中、ずっと彼女は笑いを堪えていましたが、服を選び終えた頃にアレクシ様が戻ってきてからその理由がわかりました。

「待たせたか？」

「いいえ、大丈夫ですわ。今ちょうど選び終えて、ちょっと古着にほつれがあり、それを直していただいているところです」

店員は糸を鋏で切ると服を畳んで重ね、こちらへとやってくると、アレクシ様のお尻を音が出るほど強く叩きました。

「ちょっと色男。奥さんにメイドの格好させて連れ歩くとか、随分と人生楽しそうじゃん」

「違う！」


さておき、二人で服を抱えて家へと戻ります。

今日の食事はとりあえず買って済ませておいたとのこと。

「おかえりなさいませヴィルヘルミーナ様、アレクシさん」

「ええ、ヒルッカ」

「留守番ありがとうございます」

そう仰るアレクシ様はちょっと彼女から視線を逸らしています。

ええ、さっきまでわたくしが着ていたアレクシ様の服をヒルッカには着てもらっているけど、確かにこれは破廉恥ね！

「アレクシ様、早速ですが着替えてきてよろしいですか？」

彼が頷くのを確認し、ヒルッカがアレクシ様の持つ服を受け取って上へ。

わたくしは平民の服装に、わたくしが着ていたメイド服は改めてヒルッカが着込みます。

彼女は沈んだ声で言いました。

「ああ、お嬢様が平民の服を着られることになるとは」

「これぱかりはね、もう仕方のないことだわ」

「やっていけそうですか？」

「正直、分からないわ。アレクシ様は悪い方ではないけど、会ったばかりではあるし。平民としての生活だってまだ始められてもいないもの」

下へ降りると、アレクシ様が机の上に料理を広げていらっしゃいました。

そういえば、片付けもだいぶ進んでいますわね。

「ええと、ヒルッカさん。食べていかれますか？」

「いえ、今日はもうお屋敷に戻らないといけませんので」

「ああ、そうか。三つ買っちゃったんで一つ持っていかれます？」

「ふふ、ありがとうございます」

ヒルッカは玄関へと向かい、そこで振り返ると綺麗にスカートを広げて、わたくしの前に跪くような深い淑女の礼をとりました。

「ヴィルヘルミーナ様、わたしが再びあなたにお仕えさせていただくことをお許し願えるでしょうか？」

「その気持ちは嬉しいわ。……けどダメよ」

わたくしはため息をつき、アレクシ様の方を見ます。

「……女中は雇うべきだと思うが」

ふふ、気を遣って言ってくださったのでしょう。ですがそうではないのです。わたくしは首を横に振りました。

「アレクシ様が研究所の独身寮ではなく一軒家に住まうようになった以上、オールワークス、雑役女中は必要です。わたくしとしても一人雇っていただけると嬉しく思いますわ。ですがヒルッカは侍女なのです」

「違いがある？」

なるほど、平民である彼には分からぬことでしょう。

「侍女とはレディーズメイド、つまり貴族の女主人や令嬢の横に付き従う専門の上級使用人です。衣装選びや着付け、髪結い、あるいは刺繍や帽子の飾り付けといったファッションに関する広範な技能と知識を有さねばならぬのです。寝支度もその職務であり、舞踏会などに女主人が出席した場合は夜遅く、あるいは明け方まで起きて待っていなければならないことから、ウェイティングウーマンとも呼ばれるのですよ」

「……ふむ、つまり？」

「雑役女中とは身分が違うのです。平民の洗濯女に貴族のファッションが分かると思われますか?」

アレクシ様の顔が青褪めます。

「ひょ、ひょっとしてヒルッカさんってお貴族様でしたか?」

ヒルッカは立ち上がり、アレクシ様に頷きました。

「改めて名乗らせていただきます。ヒルッカ・ヘンニ・ハカラ、ハカラ子爵家の三女でございますわ」

「こ、これは御無礼を!」

アレクシ様が頭を下げます。

「と言うわけであなたを雇うわけにはいかないのよヒルッカ。給金としても、立場としてもね」

「給金など、少なくても構わないのですが」

「構うわよ。あなただってあなたの幸せを掴まなくちゃ。それはきっとここには無いわ」

「わたしの幸せは……!」

彼女の瞳から雫が零れ落ちました。

「ヴィルヘルミーナ様の隣にいて、いつかあなたのお子様の乳母となることでしたのに!」

「……そう。とても光栄だわ、ヒルッカ。でもね、それはここでは叶わない」

「そう、ですよね」

「あなた、失礼な聞き方になってしまうけど、ペリクネンのお屋敷でもう仕事がなく、紹介状も貰えないとかそういうことはあるかしら？」

「いえ、マルヤーナ様にお仕えするようにとの話は頂いております」

後妻の連れ子ね、わたくしからすれば腹違いの妹にあたる子。年齢的には再来年あたりにデビュタントを迎えますし、侍女をつけるのも悪くはないけど。あの子どうにも甘やかされていたのか人に当たるのよね。ヒルッカが苦労しないといいけど。

「執事のタルヴォにも伝えて。ここ、ペルトラ家ではあなたたちを雇うことはできないと。雑役女中は雇いたいけど、この家では住み込みのための部屋も用意できないの」

「はい……」

「みんながたまに様子を見に来てくれるなら歓迎よ」

「はい！」

そう最後は少し元気な声を出してヒルッカは家を辞去しました。

アレクシ様と食卓を囲います。出来合いの料理をいただいていると、彼はぽつりと呟きました。

「ヴィルヘルミーナ、あなたは……」

「なんでしょう」

「随分と使用人たちに好かれていたみたいだな」

わたくしは食べる手をとめ、食器を置きます。

「そうですね。良き主人であろうとし、彼らもそれに応えてくれていたように思います」

アレクシ様も食器を置き、真っ直ぐにこちらを見据えました。真剣な表情です。

「あなたの本質はどちらなのだろうか。あなたと最初に会った時、王太子殿下の婚約者だったが、彼の浮気を正当化するために嵌められ家も追放されたと言っていた」

「ええ」

アレクシ様は顔を顰めます。

「だが噂は耳に入るのだ」

「噂、ですか」

アレクシ様は頷かれます。

「王都では悪虐非道な婚約者ヴィルヘルミーナをエリアス殿下が断罪し、新たな婚約者として心優しきイーナ・マデトヤ令嬢を婚約者に据えたという話が流れている。また殿下はヴィルヘルミーナを処刑することなく貴族としての位を褫奪《ちだつ》するにとどめた仁君であるとも」

はっ、仁君とは聞いて呆れますね。わたくしは思わず鼻で笑いました。

「アレクシ様はそれを聞かれてどう思われましたか?」

「……俺は王侯貴族には興味はなかったし、そもそも平民がそれに関わることなどないんだ。だから新聞《タイムズ》にそう記されていたり、そんな噂が流れていれば、なんとなくそういうものなのかと思って生きていたよ」

まあそうでしょうね。平民である彼が、それも真面目な研究者であろう彼がそういった階級の真実に触れる機会などそうそうないでしょう。

わたくしが頷くと彼は続けます。

「だが、きっとそういう噂というのは誰かが意図的に流した嘘なのかなと思った」

わたくしの頰がつい緩むのを感じます。

「もちろん全ての噂が真実ではありませんし、逆に全ての噂が虚構であるわけではございません。ですが、支配者は意図的に民衆を統治しやすくするための噂を流します。逆に支配者へ反発するもの、例えば敵対している国や領があれば、それは民衆の不安を煽るような噂を流すものです」

アレクシ様はため息をつかれました。

「我が身に降り掛かって知るのも情けない話だが……」

「そういうものでしょう。なぜ噂の方が嘘で、わたくしが言った言葉を真と思われましたか？」

彼は眉を顰め、悪態をつくように言葉を吐き出されました。

「仁君がいきなり望んでもいなかった妻を褒美として渡すものか。ヴィルヘルミーナが悪虐非道ということについてだが……」

彼は言い淀みます。

「ふふ、大丈夫です。仰ってください」

「初対面でいきなり叩かれたこともあってな。……まあ俺にも非はあったとしても、きっと貴族らしい高慢な女なのかなと思っていた」

「……今はどうでしょうか？」

「あなたは平民である俺の妻として、それを望んでもいなかったはずなのに俺の言葉を聞き、俺を立ててくれているように思う。そしてヒルッカ嬢があなたを追いかけてきたことを考えると、貴族の女主人として悪辣《あくらつ》でもなかったのではないかと」

「殊更に悪辣ということはありませんし、逆に善人という訳でもありませんが、わたくしは身分に相応しい振る舞いを常に心掛けているだけです。そして相手にもそれを求めてしまいますの。だから、あの叩いてしまったのは申し訳なかったのですけど……」

アレクシ様が手を前にしてわたくしの言葉を止めます。

「いや、謝罪は不要だ。あの時の俺の服装や所作はあの場に相応しくないと、あなたに叩かれる程に不調法な平民だと判断されたということだからな」

「…………はい」

「イーナという女を虐めたというのは嘘なのか?」

「ええ、誓ってそのような振る舞いはしませんわ」

アレクシ様は安堵された様子。

「じゃあ暗殺しようとしたというのも嘘か」

「いえ、それは本当なのですけど」

がくりと彼の身体が揺れました。ぱくぱくと口を開けては閉め、何か言おうとして言葉にならない様子。

「もちろんわたくしは彼女と殿下の関係について、口頭、及び書面にて注意していますが、彼らはそれで改めることをいたしませんでした。貴族が平民を無礼打ちにするように、公爵家令嬢であったわたくしに対して男爵家令嬢如きがとって良い行動ではございません。故に殺そうとしました」

彼は腕を組み、しばし唸りながら考え込まれました。そしてぽつりと呟かれます。

「……それが貴族として相応しい行いだった？」

ああ、彼はわたくしを理解してくれている。少なくとも理解しようとしてくれている。安堵の感情が胸の内に広がっていきます。

「そうですね。結局はそれが失敗に終わったのですが」

「その、あー、王太子の不貞だか浮気だかを法の場で糾弾するわけにはいかなかったのか？」

「仮にも一国の王太子の評価を下げることは国家として望ましくありませんわ」

アレクシ様は顎に手を添えられて考え込まれます。

「それが君の立場だったということか。それを秘すために暗殺という手段を取ったと。……暗殺というのが正しいのかと言われると俺には答えられん。でも少し理解はした」

ふふ、胸の奥が温かくなります。こうしてわたくしの心を慮ろうとしてくださっていること。本当に嬉しく思いますわ。

「今でも王家を大切にしたいと思っている？」

「国王陛下も王妃殿下も存じ上げておりますが、悪い方々ではないのでしょう。ですが結局、王太子殿下の増長を黙認していた訳ですしね。さすがに愛想も尽きました。あとペリクネン公爵家にも」

「そうか、俺もだ」

アレクシ様が笑みを浮かべ、わたくしも笑いました。ああ、二人で笑い合えたのは初めてかもしれませんね。

「もしいつか、俺の研究が成功して、評価されて、それなりの地位に就けるようになったら……」

「はい」

「ヒルッカ嬢や他の従者たちをヴィルヘルミーナの使用人として招くことができたらいいな。さあ、夕飯を食べよう。冷めてしまったか」

視界が、アレクシ様の顔が滲《にじ》んで見えます。

「……はいっ」

そう、いつかそんな未来が来ると良いですわね。


翌朝には一人の少女がペルトラ家の扉を叩きました。

「あ、あの！　あたしセンニっていいます！」

その少女は小柄で、まだ十代の半ばにもなっていない様子の幼さ。黒白の使用人の服を着ています。おかっぱの黒髪《ブルネット》の上には輝くホワイトブリム。

「こちらのお宅で雑役女中を募集していると聞いてやってきました！」

「……はい？」

対応されたアレクシ様が呆然と呟かれます。

雑役女中を探していたのは事実ですが、まだ斡旋業者へ依頼も、新聞に広告も出していないのですから。

彼女は自分の懐をまさぐると、一通の封書を取り出しました。

「こちら紹介状です！」

差し出した手紙にはペリクネン家執事タルヴァの名。

ああ、なるほど。わたくしが問いかけます。

「お屋敷では何をしていたの？」

「はい、見習い《ビトウィーン》として二年間働いていて、そこから一般女中《ハウスメイド》として二年です」

「見習いの時は何を？」

ビトゥイーンとはいろいろな使用人の仕事の手伝いをする、つまり間にいるという意味になります。その間に適性を見るという意味でもありますが。

「はい皿洗い《スカラリー》、洗濯《ランドリー》の下働きの経験もあります」

アレクシ様はわたくしが話す度に振り返り、センニが話す度に前を向くので首振り人形のようです。唐突に始まった問答に意識が追いついていかれないのでしょう。

「読み書きは？」

「読みはできます。書きは……下手で」

ヒルッカとタルヴァは随分とわたくしに良くしてくれているわ。

「ペリクネンでの仕事は？」

「やめることになりそうです。ヴィルヘルミーナ様がいなくなった分、どうしても人員に余剰が出るみたいで」

それは間違ってはいないけど、雇い止めが早すぎるわね。

こういうところから評判が悪くなるとお父様も分かっていない……いえ、元お父様ですわね。

「あなたなら貧民街に近い平民の家ではなく、もっと良い条件のところがあると思うのだけど」

「いえ、ヴィルヘルミーナ様にお仕えできるならと志願しました」

「わたくしと面識があったかしら？」

流石に下働きの下男や女中と関わることなんてなかったはずだし、顔に見覚えもないと思うのだけれど。

「いえ。えっと……、お出かけされた時に、あたしたちにまでお菓子をよく買ってきてくれたりとか。使用人がミスしても誰も折檻されたことが無いとか」

思わず笑みが溢れます。

「そんなの当然のことだわ」

「でも他のお屋敷に勤めていた友達は本をぶつけられたり、鞭で叩かれたりすることがあるって聞いてます。あと、あたしはヒルッカさんのお部屋の掃除を担当していたのですが、ヒルッカさんからヴィルヘルミーナ様の素晴らしさはよく聞かされていましたから」

ヒルッカがわたくしのことを自慢げに彼女に話している姿が容易に思い浮かびました。

「今のわたくしではお菓子を買ってあげることもできないわよ。お給金だって雑役女中だと安くなるし」

「構いません！」

わたくしはアレクシ様に向き直ります。

「旦那様、非常に有能な少女が雑役女中として当家で働くことを希望されていますわ」

「そう……なのか？」

「ええ、どこに募集をかけてもこれ以上の人材が来ることはまずあり得ないでしょう。わたくしの元執事がそういう人材を手配してくれたと思ってもらえれば」

彼はため息をつきました。

「そうか、世話になる」

「雑役女中としての一般的な賃金で契約してくださいませ。ただ、その働きぶりがアレクシ様のお眼鏡に適うようなら、待遇を良くして差し上げればと思いますわ」

「了解した」

こうしてこの家では黒髪の小柄なメイドを雇うことになりました。

そしてヒルッカを筆頭に、元わたくし付きの使用人たちが、お金を払っているわけでもないのにちょくちょく様子を見にくるようになったのです。

少しずつではありますが、段々と生活のサイクルというものができてきます。

センニは、簡単なものだけしかできないなどと言いながら料理の嗜みもあり、台所も任せることとなります。アレクシ様が出来合いのものを買ってくるのではなく、彼女に調理されたものが、新たに購入したテーブルの上に並ぶようになりました。

わたくしは家事については何の経験もないため、センニからやり方を教わっています。ですが料理を教わろうとし、彼女も承諾したのですが、わたくしが包丁を持った途端に「無理！」と叫んで包丁を取り上げられて調理台に立つことを禁止されたのです。解せません。

　掃除なら部屋の中を掃いたり、洗濯であれば干したりする手伝いなどはするようになりましたが、結局のところ主なわたくしの仕事はアレクシ様の研究を纏める秘書の真似事のようなものになりました。

　そして合間を見ては本棚の中から基礎的な——あくまでも専門書の中ではですが——ものを読ませていただき、彼の研究を理解しようと努めてはいます。

　あ、そういえば『ドキドキ★マリンちゃんのムチぷり♥パラダイス』はいつの間にか本棚から撤去されていました。

　アレクシ様がどこかに隠されたのか、センニに捨てられてしまったのか気になるところです。

　夜の営みはありません。センニが一階で起居するようになりましたからアレクシ様も二階で寝るようになったのですが、ベッドとは逆の部屋の隅で寝ておられます。

　センニは言います。

「なるほど、聞きしに勝るヘタレ《チキン》童貞《チェリー》というやつですね」

「まあまあ、鶏肉《チキン》とさくらんぼ《チェリー》がどうしたのかしら？」

　彼女は首を横に振り、そうしてぎゅっと拳を握ってみせました。

「いえ、なんでもありません、奥様。でも旦那様が不能野郎じゃないことは洗濯女中のあたしが保証しますから！」

センニは面白い言葉遣いをするわ。意味はよくわからないけど、快活な彼女を見ていると元気になれる気がするのです。


「王国の落ちぬ太陽、ヴァイナモⅢ世陛下、御幸《みゆき》からの無事なご帰還。寿ぎ申し上げます」

王城の謁見の間、無数の貴族に文官武官が立ち並ぶその中央にて。余は外遊よりパトリカイネン王国へと戻り、玉座についた両親たる国王陛下、王妃殿下夫妻の前で頭を下げ、その無事を祝った。

「ことほぎ申し上げます」

余の後ろにてイーナも淑女の礼をとった。

次いで余の弟妹、叔父にあたる王弟ら王族からの帰還の祝い、そして貴族共からも帰還を祝う声が上がる。

「うむ、諸侯らのあたたかき出迎えに感謝する」

陛下はそれを鷹揚《おうよう》に受け入れられる。

王都での帰還のパレードを行い、諸侯の歓迎を受ける。祝賀の夜会はまた後日執り行われるが、今日はまずこれで終わりである。

だが、式典の最中、父たる陛下の眉間には縦皺が寄っていった。

式典を終え、陛下は謁見の間を出られる際、余に声を掛けられた。

「エリアスよ、後で白蓮《びゃくれん》の間へ来なさい。報告を聞かねばな。パーヴァリーたちは夕餉の後にしよう」

余の話を優先し、弟妹たちは後回しとされた。王太子だからな!

「はっ」

白蓮の間は王のための私的な部屋である。王城の中でも最も質素な内装の部屋であるが、父は落ち着くと言って好んでいる場所だ。

まずは弟妹は後にして、執務の代行をしていた余からその間の話を聞きたいということか。

部屋に入れば両親が並んで座っている。不機嫌な父の顔が目に入った。

「エリアスか。まずは座るがいい」

父はテーブルを指で叩き向かいの席に座るよう示した。

「はい」

余がソファーに座ると、父は頷く。

「王の執務代行ご苦労であった。無論この後で汝の差配が如何様であったか精査せねばならぬが、報告を聞いている限りにおいて問題はなかったようだな」

「はっ」

ふふふ、王太子として相応しいところを見せてやれたではないか。しかし、父の眉間には皺が寄ったままである。

「ところで、今日の出迎えにお前の婚約者であるペリクネン公爵令嬢の姿がなかったな」

「はい、イー……」

父は手を前にして余の言葉を止める。

「王都への帰途、王国に戻ったあたりで妙な噂を耳にしてな。悪虐非道な王太子の婚約者ペリクネン公爵令嬢をお前が断罪し、新たになんとかという婚約者を据えたとな。またお優しいエリアス殿下は悪女ヴィルヘルミーナを平民に落としたなどとも聞いた」

「は、はい！　愛するイーナを虐めたヴィルヘルミーナを断罪いたしました！」

「エリアス、いくつか聞きたいことがある」

「は、はい」

「そのイーナとはお前の横にいた令嬢か」

余が肯定すると、斜め向かいの母は天を仰ぐかの如くのけ反った。嘆きの言葉を口にする。

「ああ、淑女の礼一つ満足にできない娘を！」

イーナは確かに細く高い踵の靴に慣れておらず、まだ身体がぐらつくことがある。だがそんなものは履き慣れれば良いことではないか。

母の肩を宥めるように叩いてから父が言う。

「詳しい状況が分からぬので正直に言いなさい。ヴィルヘルミーナ嬢がイーナ嬢を虐めたと？」

「はい、あまつさえ殺そうとしたのです！」

「それはお前がイーナ嬢とやらと浮気をしていたからではないのか？」

「う、浮気などでは！　真実の愛を見つけたのです！」

「お前の心変わりは褒められたことではない。褒められたことではないが、まあ理解はできよう。恋心などそんなものかもしれん。だがヴィルヘルミーナ嬢がその女を殺そうとしたのはお前への温情ではないのか?」

「何を言うのです!」

余は思わず立ち上がった。

「確かに対応は苛烈ではあるが、お前の浮気が公になり、非難が集まるのを避けたとは見て取れぬか?」

「あの女はそんな殊勝《しゅしょう》な心掛けなど持っているはずがありません!」

「……だからお前は私たちに断りもなく、夜会の場で彼女を断罪したというのか?」

「はい」

「そして勝手に平民と結婚させたと」

「……はい」

「この馬鹿者が!」

父はやおら立ち上がるとテーブル越しに拳を振り抜いた。

余の顔面に拳が当たる。

「あ……が……」

どう、と床に打ち付けられた。鼻からは血が溢れ、絨毯に赤い染みを広げていく。

父はどさり、とソファーに腰を下ろした。

「お前は我が名、ヴァイナモⅢ世、王の名において結ばれた婚約という契約を許可なく破ったと理解しているか」

「……あ」

「ヴィルヘルミーナ嬢が悪事を為したか否かの問題ではないのだ」

父はため息を吐き、母はハンカチで目を押さえた。

「エリアス、お前が王家の影の者共を動かして民衆には先ほどの噂を流しているのも分かっている。ヴィルヘルミーナ嬢を平民と結婚させるのに枢機卿を動かしたのもな。どうやってペリクネン公爵に認めさせたのかはまだ調べはついていないが……こういうのを悪知恵が働くと言うのか」

「わ、悪知恵などでは」

むしろヴィルヘルミーナを排し、代わりにイーナをペリクネン公の養子とするというのは、公の方から余に献策してきたというのに。

「なるほど、よく考えられている。確かに王の名を以てしても状況を返すのは容易ではないとも」

「で……では……！」

おお、イーナとの婚約を認めてくださるのか！

「王の代行であったお前の言葉には、お前が思っている以上の責任がある。いいだろう。お前とヴィルヘルミーナ嬢との婚約破棄、イーナ嬢との婚約を認めよう」

「あ、ありがたき幸せ！」

「だが心しておけ。お前たちが次代の国王夫妻として相応しくないと判断された時、それは破滅を招くと。……下がって良い」

「は、し、失礼します」

余が白蓮の間から退出し、侍従の手により扉が閉まるとき、かすかに父の声が聞こえた。

「……すまぬ、ヴィルヘルミーナ嬢」


ある日、アレクシ様がお仕事に出かけられている時、ヒルッカが様子を見に来ました。

わたくしはかねてから機会を窺っていたことを思い出します。

「ヒルッカ、時間はあるの？」

「ええ、ヴィルヘルミーナ様」

「少々、王都の中心部まで出かけたいのです。供をなさい。それと護衛を一人雇いたいのです」

「護衛ですか、少々お待ちください」

そう言うとヒルッカは外に出て、すぐに体格の良い男を一人連れてきました。

平民の服装をしていますが、帯剣しています。目立たぬ風貌ではありますが、見覚えのある顔ですわね。

「あら、かつてわたくしの護衛を務めていた者ですわね」

「はい、こちらはヤーコブと申します。今もペリクネン家に仕えていて、わたしがこちらへ来る時、護衛に付いてきて貰ってますので」

ヒルッカが紹介し、彼は胸に手を当て、頭を下げました。以前彼女がこの家にきた時も、実は一緒にいたのかしら？

「そう、ありがとうね、ヤーコブ」

「は、勿体無いお言葉で……」

以前ここに連れてこられた日のデイドレスを着付けて貰い、センニに留守番を頼みお出かけです。アレクシ様がいない時で、わたくしに付いてきてくれる者と、留守番をしてくれる者がいる機会はなかなか得られませんでしたからね。

辻馬車を拾って王都の中心部に向かいます。

小さな家々が建ち並ぶ区域から店や屋敷が建ち並ぶような区域へ。民の服も見るからに上等なものへと変わってきます。

ヒルッカが周囲に聞こえないように扇で口元を隠して尋ねます。

「今日はどちらへ？」

「まずは銀行ね」

王都中央銀行の窓口へ。受付の紳士に小切手を換金したい旨を伝えると、直ぐに奥の応接室へと通されました。

ふむ？　ちょうど良いと言えばちょうど良いのですが。

お茶を供され、少し待つと奥からは上等な紳士服をきっちりと着込んだ、白髪交じりの灰色の髪の殿方が現れます。

「お初にお目にかかります。ヴィルヘルミーナ様。当銀行の頭取のクレメッティと申します。小切手の換金はいま行っておりますので、ここで少々お待ちください」

彼は紳士の礼《ボウアンドスクレイプ》をとり、わたくしが貴族令嬢であった頃のような挨拶をくださいます。

「初めまして、クレメッティさん。でももう、様と呼ばれる身分ではないわ」

「天に飛ぶ不死鳥が地に落ちたとしてその価値を損ねることがありましょうや？　あなたが不当に身分を落とされた理由は存じております。あれが王太子であることには暗澹《あんたん》とした気分ですよ」

ふふ、そう言ってくれるのは嬉しいのだけど。

「いけないわ、クレメッティさん。わたくしは政争に、あるいは女としての戦いに負けた身なの。どこに耳があるかはわからなくてよ」

「そうではありますが……。陛下も情けないものです。御幸から帰還なさり、あなたのことを知ったでしょうに、あなたの名誉回復をなさらないのですから」

彼は熱心にそう語ってくださいます。

ありがたい一方で、警戒はせねばなりません。迂闊《うかつ》に肯定してしまった途端、壁の裏から兵が出てわたくしを捕らえることがないとは言い切れませんから。

「それは王太子殿下に汚名を被せることと同義、それと教会にもですわね。わたくしとアレクシ様の結婚はヨハンネス枢機卿猊下が祝福をくださったのですから」

まあ、あれを祝福とは認めたくないのが本心ではありますけどね。クレメッティさんは苦虫を噛み潰したような表情をなさいます。

「ヴィルヘルミーナ様、しかしそれではあなたの人生が……」

「わたくしは今、アレクシ様の妻であることに不満はありませんわ」

わたくしが態度を変えなかったので、彼も諦めたのでしょう。大きく息をつくと、こちらを正面から見つめました。

「他に御用向きはございますか？　わたしにできることならなんなりと」

わたくしは懐から小袋を取り出します。

中には大粒のものはありませんが宝石の類が入っています。

「こちらの換金か、換金できるお店を紹介していただけますか？」

「宝石商を呼びましょう、このままお待ちください」

そう言うと壁際に控えていた秘書の方に声を掛けられました。

今着ているデイドレスに付いていた石を取り外したものや、持ち出した僅かな貴金属。その鑑定と現金化をしていただきました。

買い取りの値段はわたくしの想定していたよりは色を付けて買い取っていただけたのでしょうか、少し高かったように思います。これと小切手を現金化して預金しなおしたことで、そこそこ裕福な平民の給与十年分位はあるであろう口座が完成しました。結局、数時間はかかりましたがこの銀行だけで用事が済んだのは良かったと言えるでしょう。

「また御用命ありましたらお気軽にご連絡ください」

「ええ、その時はよしなに」

頭取のクレメッティさんに礼を言って銀行を後にします。

帰り道、ちょっとだけ手元に残した現金で、カフェへと入ります。

「ヒルッカ、ヤーコブ、今日はありがとうね」

カフェのテラス席、一緒の卓に着くのをヤーコブは辞退しましたが強引に座らせて、三人でケーキと紅茶を楽しみます。

ヒルッカが言います。

「いえ、とんでもない。頭取さんは随分と親身になってくださいましたね」

「そうねえ、わたくしの身柄を狙っているのかもと警戒していたけど、そんなこともなさそうだったわ」

二人はぎょっとした気配を出します。

「そんな危険が?」

わたくしは首を竦めました。

「それはそうよ。平民落ちした貴族だなんて。それこそ捕らえられて娼館でも連れていかれる可能性だって考えていたわ」

没落した高位貴族の娘は女家庭教師《ガヴァネス》や侍女になれれば良いですが、そうでなければ娼館に流れるのが一番多いのですからね。

お茶を楽しみ、留守番してくれたセンニとアレクシ様にお土産のケーキを買って戻ります。

途中、ヤーコブがそっと耳打ちします。

「つけられていますね」

それはそうでしょう。

「こちらを襲撃する意図はありそうですか？」

「今のところ無さそうですが……撒《ま》きますか？」

わたくしはゆるりと首を横に振りました。

結局、家に戻るまで気配はし続けたとのことですが、実際に接触してくることはありませんでした。

「結局誰がつけていたのかとかは分からないですし、それが悪意によるものとも限らないのですからね」

わたくしはヒルッカに説明します。単純な物盗り、王家の影による監視、クレメッティ氏がわたくしを護るために手配したのか、あるいは襲うためなのか。

「なので気にしすぎても仕方がないわ。でもヒルッカ、ヤーコブ。あなたたちがこちらに行き来する時は気をつけてね」

「かしこまりました、ヴィルヘルミーナ様」

こうして二人は帰ってゆきます。

さて、小切手と宝石を現金化したことで、それなりに纏まったお金が手元にできましたが、これで何ができるというほどのものでもないのです。

以前それとなく尋ねたのですが、アレクシ様も勲章が授与されるほどに有能な研究者、決してその給与が安すぎるということはありません。

少なくともわたくしを養い、雑役女中を一人雇うには。

ではかつてのわたくしのような生活ができるかというとそんなことはない。

このお金全部があっても、ドレス一着にしかならないと知っています。そしてわたくしは茶会や夜会があるごとに新しいドレスを着ていたのですから。

家をもう少し大きいところに移すというのも考えないではないですが、維持費も変わりますしね。そのためには定期的な収入を上げねばならないでしょう。

また、ここは殿下が用意した家なのです。居を移すことがエリアス殿下の不興を招きかねません。どのみち今すぐに転居というのは難しい。

わたくしはクローゼットに通帳を放り込みました。

「とりあえずは何かあった時の備えにしましょう」

さて、何日もかけてアレクシ様の保有する書籍や書類を見ていると、何となくわたくしにも彼の研究がどういうものかわかってきました。

「大気中や水に溶け込んでいる低濃度の魔素を、集積して結晶化する……」

つまり人工的に魔石を作る研究です。

魔術師や錬金術師、聖女などと呼ばれる者はその多くがペテン師の類ではありますが、一部の本物は魔石の力に頼らず、大気中の魔素を使って火を熾こしたり傷を治したりという業を使います。

少なくとも魔術師に関しては王都に教育機関にして研究所がありますし。

魔獣は大気中の魔素を体に蓄えることで、本来の動物が有する生物学的な力を超えた動きをする。

それは体格以上の力強さや頑強さであり、炎や毒である。竜や鷲頭獅子《グリフィン》など空を飛ぶ魔獣も多いですが、体格に対してそれらの翼の大きさでは本来飛ぶことはできない。これらを可能にしているのは体内に蓄えた魔素を結晶化して魔石とすることで、そこから魔力を取り出していると。

ダンジョンもまた核と呼ばれる巨大な魔石により維持される空間であり、魔素の密度が高いため魔獣が好んで住まう。

魔石はエネルギーの源であり、それを用いた道具は高価ではありますが王侯貴族を中心に一般的なものです。

例えば魔石を動力に使用した洋燈や暖炉、氷室など。

これらの力の源たる魔石を人工的に作り上げる、これがアレクシ様の研究なのでしょう。

……画期的ではないですか！

アレクシ様が勲章を得たレポートの内容も読ませていただきました。その内容は人工魔石作成の研究の前段階として行っていた、魔素濃度の濃淡が発生する条件についての研究が評価されたため。

「ふーむ……」

これだけ画期的な研究、確かに夢物語にすぎないと馬鹿にするような意見も出てくるのはわかります。ですがアレクシ様は結果を出している、その目標に対して前進されている。

それなのになぜエリアス殿下は彼にわたくしを嫁がせるような、研究の邪魔となるであろう行為をしたのでしょう？

　エリアス殿下がアレクシ様に直接的な面識があろうはずはない。つまり、わたくしを嫁がせるための生意気で冴えない平民というのを探している時に、アレクシという名を殿下に伝えた者がいる。アレクシ様は誰か派閥の長や高位の地位を持つ学者に疎まれているということです。

「……解せませんね」

「何がでしょうか？」

　わたくしの呟きに、料理をしているセンニが振り返り、尋ねてきます。

「いえ、このアレクシ様の研究についてですよ」

　家が狭いので、些細な呟きもすぐ聞かれてしまいますわ。

　センニは笑います。

「奥様はそんな難しいご本もわかるんですね。あたしも掃除の時にちょっと覗いたことがありますがちんぷんかんぷんで」

「専門書ですから、どうしても言葉が難しいですわよね。物語とは違いますから」

「あたしも読めるような面白い本をもっと置いてくださると良いですのに」

「あら、もっとということは少しは読めるのがあったのかしら？」

「旦那様が本棚の後ろに隠しているのとか面白かったですよ」

　わたくしは棚の後ろを覗き込みます。

　ああ、『ドキドキ★マリンちゃんのムチぷり♥パラダイス』がこんなところに……！

わたくしは本を元の位置に戻して、しばらくするとアレクシ様が帰って来られました。

「ただいま」

「おかえりなさい、アレクシ様」

食事はわたくしとアレクシ様が卓に着きます。使用人であるセンニはさすがに同じ卓に着かせるわけにはいきませんが、それでも三人しかいませんし狭い家です。同じ時間に互いの声も届く台所で食べてもらいます。

食前の祈りはわたくしが。今日のセンニの用意してくれた食事はパンにシチュー。一般的な平民の料理ではありますが、シチューに肉や根菜がごろごろと入っていて、デザートがわりに果物が出るのは、平民の中でも裕福な家庭のものと言えるでしょう。

センニの食事は美味しいですしね。それはまあペリクネンにいた頃と食材の質や品数は比べようもありません。ですが毒味によって冷めていることのない温かい食事、そしてこぢんまりした空間での会話のある食事は良いものですわ。

食事を終えて、センニに食器を下げさせてお茶を用意して貰ってから二階に上がるように伝えます。今日はアレクシ様とお話がありますので。

「アレクシ様、少々お時間よろしいでしょうか」

「ん？　ああ。改まってどうした」

「勝手ながらアレクシ様がお持ちの本を読ませていただき、また研究のメモなどを整理しながら見いたしました」

アレクシ様は頷かれます。

「書類を整理してくれるのは本当に助かっています。切れ端に書いたメモも分類して纏めてくれますし」

「その上で伺いますが、アレクシ様のご研究は大気中の魔素を集積して結晶化すること、つまり人工的に魔石を作り出すことでよろしいでしょうか」

アレクシ様の顔が驚愕に彩られます。もじゃもじゃの黒髪の奥で茶色の瞳が大きく見開かれます。

「よく……理解できたね？　ここに直接それを記したものはないのに！」

「ここにある研究書の内容は多岐に亘っていますが、そこに付箋を入れた場所、アレクシ様が勲章を授与された研究内容、いくつもの断片的なメモ。これらからそう判断いたしました」

アレクシ様は頷かれます。

「その通りだ、俺は無から、厳密には不可視の魔素からだが魔石を作りたい」

「画期的な研究です。歴史に名を残すほどの」

「大袈裟だ」

「いいえ、とんでもないことです。世界がひっくりかえるものでしょう」

満更でもなかったのか、アレクシ様がへへへと笑われました。

わたくしは言葉を続けます。

「その上でお伺いしたいのですが、その研究が成果を出すにはまだ遥か、遠い遠い時間が必要なものですか？」

「……そればかりはわからん。俺の理論が正しいのか、理論が正しくても実践できるようなものなのか」

ふむ、こういう言い方をされるということは。

「つまり理論は完成していらっしゃる？」

「ああ、だがその検証ができない」

「それはなぜです？　お勤めの研究所で、なぜあなたの研究が検証されないのですか？」

「そんなことは……」

「いいえ」

わたくしはアレクシ様のお言葉を遮ります。

「アレクシ様、わたくしたちがここに最初に連れて来られた時、あなたは何が壊されていて嘆いていましたか。研究の素材と器具でしょう。研究所でアレクシ様の研究が大々的に進んでいるのだとしたら、自宅でこっそり実験などする必要はないのです」

アレクシ様はがりがりと頭を掻かれました。

「研究所にも予算があるし、自分以外の研究もあるからね。平民の俺の研究なんて後回しにされるものだ」

若くして勲章を授与されるほどの研究者の研究が後回しに？

その上でわたくしを娶《めと》らされたことを思えば……。

「研究所で冷遇されているのですね。例えば研究所の所長か理事といった上位の者に疎まれている。

それはアレクシ様が平民ゆえですか」

「……そうだな。特に俺は一時期孤児院にいたからな」

ああ、これまでアレクシ様のご両親のお話が全く出てこなかったのはそのためなのですね。

わたくしは頭を下げます。

「これは失礼なことを尋ねました」

「いや……問題ない。幼い頃の話だ。両親は共に魔石狩りの冒険者でね。優秀だったらしいんだが、ある日どちらも帰ってこなかった。ただそれだけの話だよ」

「それで孤児院に?」

魔石狩り、それは強大な魔獣を狩るか、ダンジョンの奥深くに潜って採掘する者のことを意味します。巨大な石が手に入れば一攫千金の仕事と言えるでしょう。ですが、数多くの死傷者が出る仕事でもあります。

わたくしもかつては領地の孤児院に慰問に行ったとき、そういった子たちをよく見ていましたから。

アレクシ様は視線を遠くに彷徨《さまよ》わせます。

「ああ、最初は魔獣に復讐すべく身体を鍛えようと思ったんだが、運動の方の才能はからっきしだった。復讐は諦めたよ。逆に勉強だけはできたから、卒業後は国の研究者になる代わりに奨学金を貰って高等教育を受けられたんだ。……ただ、研究所は貴族の次男三男ばかりだった。自分のやりたい研究はなかなかできない」

なるほど、貴族の長男は家督を継ぎますが、次男以降はそうもいきませんからね。それでも教育は受けていますから、研究所やアカデミーには貴族出身者が多いと聞いたことがあります。

「アレクシ様、あなたは復讐を諦めたのではありません。復讐が昇華しているのです。この研究が進めば魔石狩りで死ぬ者も減ります。家長を失って残される妻子も減るのです」

アレクシ様はため息をつかれました。

「そうか。そう言ってくれると救われる気はするよ。……だが、研究は止められてしまっている。予算も人員も出せないと」

わたくしは、ばんと強く机を叩きます。

いいえ、先日できたばかりの通帳を叩きつけたのです。

「……これは？」

「そこそこのお金です。これを研究への資金提供に差し上げます。アレクシ様、研究を完遂させましょう」

アレクシ様は口座の額を確認し、叫びます。

「大金じゃないか！」

「わたくしたちが平民として生活に回すなら十年、節制すればもっと暮らせるほどの大金でしょう。ですが研究資金としては全く不足なはずです」

研究について詳しいわけではありません。でもお金の流れについては分かります。国立の研究所へ、アカデミーへ。どれだけ巨額な予算が使われているのか。

彼は首を横に振ります。

「こんなものは受け取れない!」

「このお金の半分はわたくしのドレスについていた宝石をちょっと外して現金化したもので、残りはペリクネン公爵からの手切金です。いいですか、例えば高位貴族や豪商と呼ばれる者たちにとって、この程度は端金《はしたがね》にすぎないのです」

「端金……」

「ええ、アレクシ様。わたくしがこの金を何倍にして貸せば研究は完成しますか?」

アレクシ様は困惑した表情を浮かべられます。

「え……、いや、急にはわからんが」

「だいたいで構いません。想像でもなんでも」

「十倍、いや二十倍くらいか?」

ふむ、たかが十倍で済むはずはない。

「わかりました、まずはこれを百倍にしましょう。アレクシ様はそれから研究に取り掛かってください」

「はあ?」

「ただ、それにはアレクシ様にも協力していただかなくては」

「そりゃ……できることならするが、そんなの無理に決まってるだろう?」

「できます、そのお金でまずは身嗜みを整えましょう」

彼は顔を顰めました。

「俺は身嗜みに時間を使いたいと思わない。その時間があれば研究を進めたい。そう言ったはずだが」

ええ、そう仰ってました、以前そう伺いましたからね。わたくしは頷き、彼の髪の奥の瞳を見つめます。

「ですが、今のアレクシ様では研究はできない。研究をするにはお金がいる。お金を手に入れるには身嗜みが必要です」

アレクシ様は首を傾げます。

「お金を手に入れるには身嗜みの意味が分からない」

「先ほど申しました通り、この程度の金は高位貴族や豪商にとって端金です。つまり彼らに後援者《パトロン》になってもらえという事ですわ」

そう、百倍のお金をすぐに稼ぐことは無理難題です。ですがアレクシ様の研究が成功した暁には莫大な富が得られることはすぐにわかるでしょう。その配当を約束することで、優秀な投資先と目されれば？

相手の方から貸したいと言ってくれる筈なのです。

ですがそう説明しても、アレクシ様は渋い顔でした。

「後援者……以前募ったこともあるが、けんもほろろに追い返されたよ」

「当たり前です」

「え」

アレクシ様がきょとんとした顔をなさいました。

「当たり前、と申したのです。最初に会った時のようなブカブカの身体にフィットしていない燕尾服。誰があんな服を着てくるような人物に、お金を投資しようと思いましょうか」

「……だから身嗜みか」

「ええ、作法が人を作り、身嗜みが人の価値を決めるのです。後援者を募るとは、そういう世界に足を踏み入れるという事なのです」

アレクシ様は暫し黙して考え込まれ、そして深く深く頭を下げました。

「ヴィルヘルミーナ、頼んでもよろしいでしょうか」

ふふ、やりました。ご理解いただけましたわ。

「ええ、喜んで。アレクシ様、立ってください」

彼は立ち上がります。

「真っ直ぐ」

背筋を伸ばされました。わたくしは彼の周囲を一周します。ふむ、すらりと背筋が伸びているだけで印象は違います。僅かに彼の身体が揺れました。

「体幹が弱いですね、身体が傾いていますから運動も必要です。猫背が骨格などの身体的疾患ではないのは何よりですわ。座ってくださいまし」

アレクシ様が座られ、わたくしは続けます。

「髪を持ち上げてください」

アレクシ様が片手で黒い髪を持ち上げて額を出すと、整えられていない太い眉と茶色い瞳が露わになります。

「なぜ髪をボサボサにしているのです？」

「いや……特に理由は」

「ご正直に」

「……上司にお前の汚い茶色い目は見たくないと」

なるほど、この国の王侯貴族は一般的に階級が高いほど金銀の髪色を、青や翠の瞳の色を有します。それらが尊ばれる一方、彼の黒髪に茶色い瞳は馬鹿にされたのでしょう。

「アレクシ様、茶色い瞳を隠すために黒髪を伸ばしていることを、結局のところ彼らは裏で馬鹿にしているのですよ」

「……隠しているのは眉が太いのもだ」

「まあまあ、アレクシ様。わたくしが朝、眉を整えるために毛抜きで眉を抜いているのをご存じないのですか？」

「そう……なのか」

「いーってしてみてください」

「は？」

「いーって」

アレクシ様に歯を出させます。ふむ。

「アレクシ様は肉が足りず細いというのが欠点です。ですがそれが唯一の問題点であり、それ以外は何も劣っているところなどございません」

「いや、さすがにそれは嘘だろう。学生時代から、さんざん貴族たちにバカにされてきたんだが」

「少なくとも平民として見た時、アレクシ様の外見が劣っていると思われますか？　大きな火傷や、傷跡、皮膚病、梅毒の兆候や痘痕《あばた》は無く、歯並びも正常。猫背も単に姿勢が悪いだけです」

「背が高くて邪魔だと何度も言われて……」

「賭けてもいいですが、アレクシ様の身長が低くても彼らはあなたを馬鹿にしたと思いますよ。結局のところ本来の競うべきところである頭の出来で勝てないから、貴族たちがあなたの身体的特徴をあげつらっているに過ぎません」

「そういう……ことなのか？」

わたくしは彼に笑いかけます。

「ええ、彼らは弱者なのです。自らが劣っている事を隠すためにあなたを責めているだけなのですよ。顔立ちや体型は変えられるものではありません、それでもアレクシ様はすぐにでも一端《いっぱし》の紳士の仲間入りができますわ」

仕事が多い。

王太子として、将来王となる余に課せられた学問や仕事がである。その量は父たる陛下が帰還なされてから明らかに増えた。

正直に言って不満は募《つの》る。

明らかに陛下は余がヴィルヘルミーナを平民に落としたことに、婚約を解消したことに不服なのであろう。

勝手をした自覚はある。だが……。

「だからと言ってこれはやり過ぎであるな」

余が呟くと、そばに控えていた内務長が眉を動かす。

「やり過ぎとは、如何なさいましたか」

余は目の前に積まれた書類の山を叩く。

何枚かがはらりと落ち、近侍の者はそれを拾って元に戻した。

「この量だ！　帝王学やら国際情勢を学ばせる時間がかつてより増えているというのに、公務の代行まで増えていたらどれほど時間があっても足りんではないか！」

内務長は眼鏡を押し上げつつ首を傾げた。

「はて、時間が無いとは？　昨日もマデトヤ嬢との茶会に時間を割かれていたと記憶していますが」

イーナと茶を共にしたが、それはさしたる長き時間でもなかったはずだ。

「休息すら取らせぬ気か！」

「いいえ、効率を考えた時に適度な休息は取っていただいて構いませんとも。ですが休息を取れる以上、時間がないなどの泣き言は許されませんぞ」

余は立ち上がり、内務長にペンを突きつける。

彼は瞬きすらせずに余を睨み続ける。

「貴様、不敬であるぞ」

「陛下の御下命ゆえに。泣き言を言わせず次代の王として相応しいところを見せろと」

ちっ、と舌打ちが漏れる。

椅子に座り、公務に戻った。この堅物に話すだけ時間の無駄だ。

しばしさらさらと紙をペンが走る音のみが部屋に響く。

「エリアス殿下」

「何だ」

「御公務を続けながらで構いませんので、老骨の小言をお聞きくださいませ」

「……言ってみよ」

手を動かすのを止めず、ちらりと目をやると、内務長は余に向けて深く頭を下げていた。

「勉強の量が増えているのはここ二年ほど殿下が学習に割かれる時間が減ったためでございます」

そして特に陛下ご夫妻が御幸遊ばしている間は教師の元へも行かれなかったためでございます。

……イーナと仲を深めるため、そしてヴィルヘルミーナを遠ざけるために動いていたからな。

「確かにその側面があったのは認めよう。だがそれを一時に詰め込もうとするのは無理があるのではないか？」

「陛下にエリアス殿下が学業を疎かにしていた旨を詳細にお伝えして良いのでしたら、ペースを落とすよう教師たちに伝えますが」

「……やめよ」

それをされたら余の立場が危うい。

「畏まりました。それともう一つ、殿下の仕事が増えているとの件ですが、仕事の量はほとんど増えておりません」

「馬鹿なことを吐かすな。この書類の山はどうしたことか」

「以前もお伝えしましたが、ペリク……殿下の以前の婚約者殿が御公務を代行しておられました」

余はペンを止める。

「それは以前も聞いた。だがその分を足したよりも明らかに増えていよう！」

「はい、ですが違うのです。私たちも殿下が彼女を追い出すまで、彼女の真価に気づいておらぬ凡愚であったのですが……」

内務長は苦渋を顔に浮かべる。そこには罪の意識があるように感じられた。

「あの方は殿下の行わせた仕事に加え、殿下の仕事の手伝いもなさっていたのです。毎朝晩、エリアス殿下の御公務の仕分けをし、書類をやりやすいように並べておくことであるとか、必要となる資料を先んじてその机の上に置いておくことであるとか、ペン先を交換したりインクを補充させておくとか。個々の内容は極めて些細なことであるかもしれません。ですがそれには殿下の行う内容の広範な知識と思いやりがなくてはできないことでございます」

「あの女が？　馬鹿な」

「真実でございます。エリアス殿下の仕事が増えているのではございません。効率が落ちているのでございます」

ヴィルヘルミーナ、あの女が余のためにそこまで気を配っていただと？

確かに小賢しい女ではあった。女だてらに王族のなす公務や議会の内容まで調べ、余の学ぶべき内容まで先んじて理解していた。

王太子妃教育というものはある。だがそれは礼儀作法と社交と外交に関わることだ。自国や隣国の王侯貴族の知識は余を支えるのに必要である。

しかしあの女は貴族年鑑まで目を通して頭に入れた上で、こちらの話にまで口出ししてくるのだからな。

ヴィルヘルミーナに公務を回していたのは事実である。余がそう命じたのだから。だがそれをこなす以上に、あの女が自発的に余の公務をフォローしていただと？

余の手の中で羽根ペンの軸がぼきりと折れた。

インクがじわりと白い袖を黒く染めていく。

「袖を汚した。着替えて休息を取る。……文句は言うまいな？」

「行ってらっしゃいませ。ペンはこちらで片付けておきます。マデトヤ嬢にも先触れは出しておきますので」
内務長は近侍の者に声をかける。そうして執務室の扉が数時間ぶりに開かれた。

第三章:アレクシ様改造計画と園遊会

雑役女中のセンニを呼び、アレクシ様があなたから見てどうかという話をします。

もちろん主人への不敬は問わないと言い聞かせて。

「やっぱり髪がもじゃもじゃなのが変だなあって」

ヘアバンドを借りて髪を上げてもらいます。額が、瞳があらわになります。

「こっちのが全然良いですね!」

わたくしは頷き、彼女に問います。

「眉毛はどうかしら?」

「あー、旦那様ってひょっとしてそんなの気にされていたんですか? 言われてみれば太くてちょっと左右で揃ってないですが、別に普通ですよね?」

アレクシ様はがっくりと膝を突かれました。

「センニの言う通り、少なくとも平民からの視点ではアレクシ様を醜いと思うことはないかと思いますわよ」

町を歩いて道ゆく人の姿を見ていれば、アレクシ様が普通の外見であると分かるでしょうに。それだけ貴族子弟たちに蔑まれていたということなんでしょうけども。

「奥様は旦那様をかっこよくさせたいんですね！　あたしもお手伝いします！」

センニは両の拳を握りました。ふふ、手伝ってもらいましょう。


化粧道具箱を用意してもらいます。道具の数はかつてわたくしが使用していたものの一割にも満たないですが、それでも基本的なものは揃っているようです。

「まぶたに生えている毛と眉間の繋がってしまっている部分の毛は抜いてしまいましょうか」

旦那様と向かい合って座り、毛が途中で切れないように毛抜きで引っこ抜いていきます。

「痛い！」

センニには鏡でアレクシ様の顔に光を当ててもらっています。

「我慢です、アレクシ様」

「慣れれば痛くなくなりますよ、旦那様」

毛を抜くたびに彼の身体がびくりと震えます。

「痛い！」

「ふふ、わたくしたちがどれだけ苦労しているかお分かりになりましたか？　さあ、眉尻の形も整えていきましょうね」

「痛い！」

「アレクシ様は黒髪に濃い茶色の瞳と色合いが落ち着いていらっしゃるので、顔が暗く見えてしまいます。顔の毛は剃りましょう。額や目元はセンニにやってもらってください」

「はい！　奥様！」

センニは剃刀片手に嬉しそうです。アレクシ様の顔は引き攣っておられますが。

「毎日の洗顔、あとお髭は毎日剃ってくださいね。研究がお忙しくてもです」

「床屋に行ってきてくださいまし。そうですね、全体的にさっぱりと、前髪は眉毛に掛からないくらい、もみあげは耳の穴くらいまでの長さで三角形に、襟足は短く産毛は剃ってもらって清潔感あるように。そうお伝えください」

「え、ん？」

アレクシ様が困惑されたご様子。

「覚えられませんでしたか？　もう一度言いますね。全体的に……」

「以前王宮へいらした時のようなどれだけ質の良い衣服を纏っても、サイズが合ってなければ醜いだけです。特にブカブカの場合は貧相に見えます。アレクシ様の体重はおいくつですか？」

「52kgくらいだったかな……」

「えええええっ！」

センニが叫んで床に倒れ込みます。

「あたしと変わらない……」

「アレクシ様、痩せすぎです。もう少し肉をつけましょう。センニ、アレクシ様の食事量を少しずつ増やして」


「ここに立ってください」

わたくしは部屋の柱の前にアレクシ様を立たせます。ふむふむ。

「アレクシ様、背中の上の部分が柱についていないのが分かりますか？　逆にお腹のうしろの部分が柱についていることも。これが猫背です。はい、背すじを伸ばして」

ちょっと身体が右に傾いていますわね。

「アレクシ様、書き物や読み物をするとき、身体が斜めになっていることをご認識されていますか？」

「あー……なんとなくは」

ふう、とため息をつき、センニに定規を渡します。

「センニ、これからアレクシ様が猫背になったり身体が斜めになっていたら、これで背中を叩いてください」

「お任せください！」

機嫌良く定規を受け取るセンニ、アレクシ様が不満そうな顔をされます。

「わたくしは五歳ごろにこれをやりましたわ」

「うっ……はい」

ぴっぴっぴー。

「何それ」

「錫笛《ティンホイッスル》ですわ」

わたくしは笛を紐で吊るして首から下げて宣言します。

「さあ、運動しますわよ！」

「……マジか」

「ええ、わたくし、アレクシ様の筋肉が不足していると申しましたわ」

脂肪は富貴の象徴ではあるのですが、それだけですと不健康に見えますしね。アレクシ様には筋肉と脂肪を共につけていただきたいものです。

それに、立っていて身体が少し傾いているのは筋肉が不足しているからですわ。

「さあ、まずは一緒にお庭を歩くところから始めますわよ」

ぴっぴー。

「庭を？」

「アレクシ様、わたくしにお外でお散歩してはダメと仰いましたし」

彼は頷きます。

ぴっぴー。

「歩く……」

あら、不満そうですわね。

「ご存じないのですか？　軍人の殿方がどれほど行進の訓練をするのか、淑女がどれほど歩き方や立ち方の訓練をするのか」

「君も？」

「勿論ですわ。毎日部屋の中を何十往復もさせられましたわ。重いドレスを着て頭上に本を載せてね。さ、いきますわよ」

ぴっぴっぴー。

紳士的な歩き方、立ち方を指導しながら歩いてもらいます。ええ、まずは軽く一時間くらいから始めましょう。


平民用の仕立てを行う店に行きます。貴族が行くような高級仕立屋《オートクチユール》とは異なり、生地もそこまで高い店ではありませんし、宝石を縫い込んだりもしない店。ヒルッカが屋敷の者たちに尋ね、男性用と女性用で一軒ずつ選定してくれました。

さらにはタルヴォから紹介状までいただきました。

紹介状のおかげもあってか店に入るとすぐに奥の部屋に通され、店主直々に対応してくださいます。

「ペルトラご夫妻ですね、初めまして」

「初めまして。主人のために紳士服を一揃えお願いしますわ。採寸から仕立てていただきたいの」

「なるほど、ご希望はございますかな」

「最初の一着ですからオーソドックスなものを。主人はこの体型ですからしっかりと体型に合うものを仕立てていただきたくて」

「なるほど、上背があられますからな」

痩せすぎとは言わずに上手く躱《かわ》しましたわね。

仕上がるのには一月ほどかかるとのこと。値段を見てアレクシ様の目が見開かれます。彼は店を出てからわたくしに言いました。

「平民用でもこんなにするのか……」

大体、給与の半年分以上といったところでしょうか。

「当然ですわ。わたくしは今着ているデイドレスを仕立て直していただきますので、そこまではかからないでしょう」

「……そうか」

アレクシ様が向き直ります。

「君には迷惑をかけている」

「良いんですのよ。夫婦なのですから」

「そうか……夫婦だからか」

こうして、仕立服のできあがりこそまだ先になりますが、それ以外の普段の服も改めてサイズ直しをしてもらいました。

自宅でわたくしとセンニの二人を前にファッションショーです。

「素敵ですわ、アレクシ様」

「旦那様、似合うじゃないですか！」

わたくしがそう言うと、センニもアレクシ様を褒め称えて手を叩きます。

アレクシ様はそっぽを向かれて仰いました。

「つまらないお世辞を……」

「いいえ、お世辞などとんでもない」

「そうですよ旦那様！」

まあ実際のところ多少はお世辞も入っていますけども、それでも今までとは本当に雲泥の差ですから。

「とても魅力的でしてよ。アレクシ様ご自身もそうは思われませんか？」

髪を短くし、眉毛も整えたことでお顔立ちがすっきりと見えます。もっさりしていたのが知的な風貌に見えますわね。また無精髭や顔の産毛を剃ったことにより顔色がとても明るくなったように感じられます。

そしていままでは着ていた服の胸やお腹、太腿の生地がだぶついていたのが、すっきりと身体にフィットしたことにより貧相な印象は受けません。

もちろん痩せ過ぎではあるのですが、よく言えばすらっとしていると言えないこともないような気がしなくもないところです。

まあ貴族的には富貴の象徴とも言える洋梨体型の真逆ですし、騎士たちの力の象徴とも言える逆三角の体型でもないですからね。一般的に魅力的と見えづらい体型なのは仕方ないところでしょうか。

それでも若くして下腹があまりにも出てしまっているような貴族の殿方は、個人的にあまり好ましくは思えませんし。それよりはずっと良いと言えますわ。

アレクシ様は顔を赤らめて呟かれました。

「うーん。まあ……思ったより見られなくはないのかなと」

「そうでしょうそうでしょう!」

「旦那様ステキです!」

わたくしたちは全力で肯定します。ええ、こういうのはご本人に気分良くなって貰わなくてはならないのですからね。そうでなければ続きませんし、さらなる改善も見込めませんから。

アレクシ様から初めて自身の容貌やファッションに対して肯定的な意見が出たのは喜ばしいことですわ。

「どうしてもお値段はかかってしまいますが、今後は服を買ったら毎回こうしてサイズを直していただくべきです」

「そうだね、今後は気をつけるようにする」

何着か服を試していただき、鏡でご自身の姿も見てもらって、アレクシ様もご納得いただけた様子です。

どうしても悪癖になっているためか段々と背筋が曲がってくるので、それはこまめに注意していきます。

「しかしあれだな。目を見せるなと言っていた上司たちは文句を言い出すかもな」

アレクシ様が額に手を当てて不安を口にされたので、わたくしは告げます。

「ではこう仰ってください……」


翌日、俺が研究所へと行くと、遠巻きにざわざわと囁きが交わされているのが分かる。

そして早速というか予想通りというか、上司であるトビアス、伯爵家の三男で四十絡みの男に絡まれた。この研究所の魔道具開発部の部長の一人であり、取り巻きというか太鼓持ちのような研究員を従えている。

伯爵家の領地に住む平民や、近隣の男爵家からの縁故採用で派閥を作っているという者だ。

「どうしたねペルトラ君。随分と様子が変わったじゃないか」

髪を切ったからトビアス上長の顔がよく見える。そして背すじを伸ばしているためか彼の薄くなりはじめた髪がよく見える。

「おはようございます、トビアス上長。単に髪を切っただけですが」

彼は顎を片手でしごきながら嫌味たらしく言う。

「ふぅむ、だが君の汚い瞳の色をあまり見せるなと伝えてあったはずだがねえ」

案の定の反応ではあった。

昨夜、ヴィルヘルミーナに言われた言葉を使ってみる。

「申し訳ありません、妻に髪を切るようにと強要されまして」

「ははは！　奥方の尻に敷かれているのかね！　そうかそうか、君は元公爵令嬢を娶ったのだからな！」

トビアス上長は笑う。

取り巻きの者たちも追従して笑った。そのうちの一人が続ける。

「服まで買い替えたのか？」

「いや、いつもと同じのですよ。ただ、妻に全て仕立て直しに出されまして、いやあ金が飛びました」

再び笑いが起きる。

ああ、そうか。元公爵令嬢の傲慢さに困っている俺が見たいということなのか。なるほど、貴族だなんだと言っても単純な人間たちなのだな。

「平民の俺とはなかなか価値観が合わず……」

彼女が言っていたように適当に合わせていくと、トビアス上長たちは見るからに機嫌良さそうになった。

「ははは、かの悪女だ、気位が高くて大変だろう!」

俺は頭を下げ、内心で舌を出した。

わたくしはアレクシ様がお休みの時はアレクシ様と共に、そうでない時は侍女のヒルッカが来てくれている時に、王都の商会や銀行を駆け回ります。

アレクシ様の研究に出資してくれる方を、後援者となってくださる方を求めて。

痛いのは貴族への伝手《つて》がほとんど使えないことです。わたくし個人が親しくしていた令嬢などからは、会っていただけることもあります。ですがその当主筋まで話を回すことはできない。それはそうでしょう。わたくしに便宜を図ることは王家や公爵家に叛意《はんい》を示していると捉えられかねない。

そして友人の令嬢たち自身には研究への出資となると、権利も興味もありませんから。

今日はかつて利用したことのある商会が話を聞いてくださるとのことで足を運んでいます。

ですがここは応接室……と言って良いのでしょうか?

商取引に使うための木箱が部屋の隅に積み上げられた埃っぽい部屋。茶も供されることなく、安っぽい椅子に座ってから優に二時間は待たされているでしょう。

わたくしは小声で隣に座るアレクシ様にお話しします。

「わたくしがペリクネン公爵令嬢であったときには誰もが下にも置かぬもてなしをしてくださったものですが。お力になれず申し訳ありません」

今となっては予約をしていてもすっぽかされたり、何時間も待たされたり。

「いや、ヴィルヘルミーナ。あなたが俺のために動いてくれていることはありがたいことだ。まだ成果は出ていないにしても、こういう視座は俺にはなかったものだし、俺一人なら門前払いされていたよ」

わたくしが頷くと、アレクシ様は続けます。

「だが、この商会の主人がこうして地位が変わったからと言ってコロッと態度を変えるような者だとするなら、好ましくはないな」

わたくしは苦笑を浮かべました。

「地位を失うとはこういうことですわ。でもアレクシ様がそう思われるのであれば、いつか成功した時に見返して差し上げれば良いのです」

「そういうものか」

結局、その商会の店主はわたくしたちに会うこともしませんでした。

まあ、『よくあること』ですわ。


そんな後援者探しをしているある日のことです。

今日はアレクシ様は研究所でのお仕事ですのでいらっしゃいませんが、代わりに侍女のヒルッカと護衛のヤーコブを従えています。

こうして手伝ってくれているのはありがたいことですわ。

先日とは別の商会で面会の予定を終え、今は喫茶店《カフェ》のテラス席で紅茶を喫しています。

喫茶店は席によって値段が違いますから、中でお茶をいただくのとテラス席のとでは値段が三倍は違います。とは言え、自分で言うのもなんですが流石に妙齢の婦人であるわたくしが、店内で殿方たちが燻《くゆ》らすパイプの煙の中で茶を喫する訳にはいかないのですわ。

「なかなか上手くいきませんわね……」

後援者探しに関してはやはり、反応が芳しくはない。

まあ、すぐに見つかるというものでもありませんし、急いで動いて王家や実家に知られるわけにもいきません。それでも……時間は、資金は有限です。

大通りを行き交う人々や馬車を見ながらそう呟けば、ヒルッカがぷりぷりと怒り出します。

「あの商会長、ヴィルヘルミーナ様を馬鹿にしています！　今までは蛙みたいにぺこぺこと頭を下げていたというのに」

「仕方のないことよ。わたくしの立場が変わってしまったのですから」

「それでも私だってハカラ子爵令嬢ですよ！　その私が今でも従っている奥様であるということくらい分かるでしょうに！」

そう言ってヒルッカは先ほどまで面談していた商会の方に向かって手を向けて、「禿げろー、没落しろー」と怪しい念を送り始めました。

わたくしは視線を琥珀色の液体に落とし、笑みを浮かべます。

ヒルッカはわたくしを元気付けるために、わざと楽しげな物言いをしてくれている。わたくしのかつての従者たちにはこういった思いやりがありますわ。

「ヴィルヘルミーナ様」

ヤーコブが硬い声を発します。見れば腰の剣を抜けるように体勢を変えている。

「望まぬ客人です」

視線をテラスの外に。ああ、なるほど。

先ほどは気づきませんでしたが路上に停まっているあの馬車、おそらくペリクネン家のお忍び用のものですわね。

元父か誰かがわたくしに接触を図っていると。

ふむ。しばし待っていると、店の中から騒ぎ声が聞こえてきました。

店内からテラス席へと抜ける扉からまず現れたのは、見覚えのあるペリクネン家の護衛、次いで入ってきたのは栗色の髪を高く結い上げた少女でした。華やかな桃色の花の刺繡に覆われた緑のデイドレスに身を包んだ彼女は、顔の前で不快そうに扇をばたばたと動かしています。

「けほっ、もう最悪！」

ああ、店の中に充満する紫煙が嫌だったのでしょう。それにしても品のない仕草ですが。

「なんでこんなところでお茶なんて飲んでるの？　信じられないわ！」

そう言いながらわたくしたちの座席へと近づいてきました。

わたくしは立ち上がり、スカートの中ほどを持って裾を持ち上げると、膝を折ります。

ヒルッカも同様に頭を下げました。

こっそりと視線を左右にやれば、周囲にはなんだなんだとこちらを窺う者たち。

あまり好ましくありませんね。息を吸い、少し大きめの声を上げます。

「ペリクネン公爵家ご令嬢、マルヤーナ様にご挨拶申し上げます」

そう言うと、こちらを窺っていた方たちが、マズい、という表情を浮かべて視線を逸らしたり、音を立てずにそっとこの場を去っていきました。そう、それで良いのです。

ここにいるのはかつてのわたくしの腹違いの妹。正嫡ではないとは言え、公爵家の娘なのです。何かあって公爵家の不興をかってしまえば危険ですもの。

正面に立つ彼女は一瞬、面食らい、傷ついたような表情を浮かべましたが、すぐに見えなくなります。わたくしが頭を垂れたからです。

そのまま動かぬこと暫し。

「お、面を、上げなさい」

少し上擦ったその声に従い、ゆっくりと立ち上がりました。

ヒルッカは頭を上げません。ああ、そうですわ。護衛のヤーコブはともかく、彼女はマルヤーナに顔を覚えられていますわよね。わたくしに合わせるために侍女としてのドレスを着ているわけではありませんから、隠し通せるでしょう。

「ひ、久しぶりね。ヴィルヘルミーナ」

そこに込められた感情は緊張と優越感でしょうか。少し歪んだ笑みを浮かべています。

「はい、お久しゅうございます」

といってもわたくしが家を追放されてからまだ一月程度ですが。

「た、たまたま馬車からあなたを見かけたので声をかけたのよ」

嘘ですわね。ペリクネン家の王都邸からは離れた喫茶店を利用していますし、ここを彼女が一人で通りかかることはあり得ません。

彼女自身が見張らせていたのかどうかまでは分かりませんが……。

「ご厚意痛み入ります。ですが……貴族のご令嬢がいらっしゃるには相応しくない場所ですわよ」

表通りのテラス席とはいえ、平民の使う店ですからね。

「あなたが平民落ちしたんだから仕方ないでしょう！」

……わざわざペリクネン家の醜聞を大声で喧伝することもありませんでしょうに。

「失礼いたしました」

わたくしは再び頭を垂れます。

マルヤーナは頭を上げなさいとわたくしを立たせると、覗き込むような姿勢でゆっくりとわたくしの周りを歩きます。

「ああ、お可哀想に。そんな地味な服を着ねばならないだなんて」

マルヤーナはそう言いますが、わたくしは後援者との面談のために着飾ってはいるのです。平民の中では上等な服を着ているとはいえ、わたくしがペリクネンであった頃とは比べようもありません。

それに既婚者ですから普通は少し落ち着いた色のものを着るものですわ。マルヤーナの母は後添えとして公爵夫人となっても派手な服装を好んでいました。彼女にそういった常識が身につかないのは当然のことでしょう。

わたくしの視線に僅かに憐憫《れんびん》が混じったのを勘付いたのでしょう。彼女の扇が閉じられ、わたくしを打擲《ちょうちゃく》します。

「なによ、その目は！」

ヒルッカとヤーコブが背後で動こうとしました。片手を横に出してそれを制して頭を下げます。特にヒルッカは動いてはダメよ。顔を隠しているのだから。

「申し訳ございません、マルヤーナ様」

「いい気味だわ！　あのヴィルヘルミーナが頭を下げるだなんて！」

彼女はその後もぎゃあぎゃあと意味のないようなことを一頻《ひとしき》り喚くと満足したようでした。

彼女がこの場を立ち去ろうとするときに、わたくしはそっと探りをいれます。できるだけ、殊勝な態度に見えるように。

「マルヤーナ様、わたくしが王太子殿下に婚約を破棄されたことにより、ペリクネン家の皆さまにご迷惑をお掛けしてはおりませんか？」

「ふん、そりゃあ迷惑だったでしょうけどね。お父様は、ペリクネン家は揺るがないわよ」

「殿下との関係が悪くならないか心配で……申し訳ございません」

「平民に落ちたあんた如きに心配されなくても、お父様は今でも陛下や殿下と懇意にされているわ。それじゃあね！」

　わたくしが頭を垂れると、彼女はテラス席を出て再び店の中へ。「ちょっと！　どきなさい！」と罵声がこちらにまで聞こえてきます。

　ふむ……。

　わたくしは席につきます。お茶は冷めてしまったわね。

「ああ、おいたわしやヴィルヘルミーナ様」

　ヒルッカが立ち上がると、打擲されたわたくしの額をハンカチで押さえます。

「大丈夫よ、痛みはないわ」

　ヤーコブは店に迷惑をかけたと謝罪に向かいました。

　さて、少々考えるべきでしょう。わたくしが勘当されて家を放逐された時、殿下の使者はペリクネン家を尊重する旨のことを言っておりました。

　しかし、それではペリクネンに利益がない。わたくしを王太子に嫁がせ、次代の王の外戚となるために父は動いていたはずなのです。

　それが破談になったのはペリクネン家の損失です。関係が悪化しない筈がない。もちろん対外的には良好な関係を装うのは当然ですが、内部のマルヤーナから見ても懇意であると。

　何か裏がありますわね。

　まあ、この段階ではどういう策なのかはわかりませんが。

こうして数週間を過ごしているうちに、以前小切手の換金を行った王都中央銀行のクレメッティ氏から手紙が届きました。

アレクシ様の研究に興味があると。話が聞きたいと。

「クレメッティ氏ですか……」

わたくしは便箋を手に考え込みます。短い文面ではありますが、それに使われる紙は上質、貴族間のやりとりに使われるようなもの。平民であるわたくしたちに出すには不相応なほど良いものです。

アレクシ様が首を傾げます。

「良い話をいただけているのではないのだろうか?」

「……そう、ですね」

「何か心配事が?」

わたくしは目を閉じてしばし考えます。杞憂《きゆう》か否か……。

「わたくしの父、ペリクネン公爵は王都中央銀行の小切手を手切金として渡してきました。もちろん国内の最大手の銀行であるため、おかしなことではありません。クレメッティ氏はわたくしに親切に対応してくださったとも思います。ただ、それでも公爵家と繋がっているという懸念も残るのです」

「公爵家はまだあなたを監視していると?」

「それは当然です。ですが、クレメッティ氏がペリクネン公に情報を流すか否か、そしてペリクネン公がアレクシ様の邪魔をするかが見えません」

実際、マルヤーナがわたくしに接触してきたということは、少なくともわたくしの居場所は監視されているということですから。

ただそれが、一応監視しておこうなのか、警戒してなのか、敵対的行為を働くためなのかは分かり得ないのですわよね。

アレクシ様も腕を組んで黙考されます。二人でうんうんと唸っていると、ふとアレクシ様が仰いました。

「結局のところ王侯貴族の手の長さは平民である俺には分かりかねる。だが、それであればどこの商家に後援者の話を持ちかけても変わらないのではないか？　後援者を頼むほどに有力な商家であれば、結局は王家御用達などの関係は出てきてしまうだろう？」

「……そう、そうですわね」

竜の卵は竜の巣に入らねば手に入らないという諺《ことわざ》もありますしね。ここは動くべき時でしょうか。

わたくしは頷きます。

「アレクシ様、あなたの研究は、王家や公爵家の既得権益を侵すものだとご存じでしょうか」

「……ああ」

魔石によって財を為しているペリクネン公爵家、他にも多くの王領や貴族領で魔石を採掘して富としているのです。それ以外のところで魔石が作れるとなったら、それは世界を、権力や富の天秤を大きく傾かせます。

「それに対する御覚悟は?」

「俺が見つけたということは、いつか誰かが必ず実現させるということだ。流れを止めることはできないし、時代の針を進める気概を持ってやっているさ」

「彼らに殺されてしまうかも?」

アレクシ様は頷かれます。

「だが以前、君も言ってくれただろう。この研究が進めば死ぬ者は減る。泣く子は減る」

ああ、彼はそれだけの覚悟を持っている。平民でありながら勲章を得るだけの研究成果を出すとは、貴族出身の研究者たちにどれほど睨まれていたことか。

「ヴィルヘルミーナ、君を巻き込んでしまうのは心苦しいが……」

これはアレクシ様にとっては自らの両親を奪ったものや過去への復讐、わたくしにとっては追放した王太子や公爵への復讐なのです。

わたくしは立ち上がると彼を抱きしめました。

「クレメッティ氏の話を受けましょう。そして共に、戦いましょう」

「あ、ああ」

彼は顔を赤らめ、ぷいっと逸らしながらも、しっかりと頷かれました。

そうしてお手紙の返事を書いて数日後、わたくしとアレクシ様は王都中央銀行内の応接室にてクレメッティ頭取と向かい合っています。そして彼はアレクシ様の研究の概要をわたくしが清書・要約した書類を読み終えられました。

「人工魔石の作成……これは実現可能なのですか？」

彼は呆然と呟かれ、わたくしの隣に座るアレクシ様が頷かれます。

「そう考えて研究を進めております」

「これは……どの程度の規模で行うつもりですか」

「いずれは王国の魔石生産を全てこれで賄えるまで」

アレクシ様は胸を張ってクレメッティ氏の瞳を見据えて仰います。ふふ、そうですわ。自信、それは虚勢でも構わないのですが、自信なき者の声は他人を動かせませんもの。

クレメッティ氏は頭を抱えられました。

「しかしそれは……」

ええ、懸念はわかりますとも。既得権益に真っ向から対立いたしますからね。

わたくしは背筋を改めて伸ばして言い切ります。

「ペリクネン家を潰します」

クレメッティ氏のみならず、隣に座るアレクシ様まで肩をびくりと揺らしたのが分かりました。

「ペリクネン公爵家の収入の五割が魔石に関する取引、二割が魔石に関連した事業とそれからの税だと知っておりますの。もちろん彼らの魔石がいきなり売れなくなるというわけではないですが、大きく値崩れするでしょう。彼らが領内の農工業などを大切にし、減った収入に応じた暮らしを送るのであれば別に構わないのですが、そうはならないかと」

「それは……公爵家を敵に回すということでは？　逆に潰される可能性の方が高いかと思いますが」

わたくしは供された紅茶で唇を湿らせてお話しします。ここが正念場なのです。

「わたくし、彼らについて詳しいのです。ペリクネン公は平民の研究などには興味を持たず、魔石が値崩れしてもすぐには手を打ちませんわ。金を湯水の如く使う今の生活を手放さず、資産が減じてからやっと動こうとするでしょう。わたくしたちはそれまでに身を護る力を得ます」

「流石に公爵家に立ち向かうのは難しいのでは？」

「正面から戦おうとすれば当然です。ですがわたくしたちは貴族ではないのです。護るべき民や領地がある訳ではありませんから。……そう例えば隣国に逃げ、そこで技術を広めることも想定に入れています」

クレメッティ氏の眉根が寄りました。そう、これは資源ではなく技術である故に、この国で行う必要なんて無いのですから。

わたくしは彼に微笑み掛けます。ふふ、嫌でしょう？

金の卵を産むガチョウを取り逃したくはないでしょう？

「いや、あなたたちの身を護るというのであれば、傭兵や冒険者組合《ギルド》にも伝手はあります。護衛はなんとかしましょう」

わたくしは感謝を込めて頷きます。

「ただし、これはこの話を聞いたあなたがペリクネン家に密告しなければのことです」

ぎょっとされた表情。

「無論、ここでの話を外部に漏らしはしませんとも」

「ええ、建前としてはそうでしょうとも。ですがクレメッティ氏が既得権益を有する側を大切にするというなら、そのような建前など吹き飛ぶような話を持ってきたつもりですわ」

「……どちらに付くか、旗幟《きし》を明確にしろということですな」

アレクシ様が何か言おうとしておられるのか、彼の口元が動きます。わたくしは大丈夫との思いを込めて彼に頷きました。

アレクシ様は頷きかえすと、考え込まれるクレメッティ氏に声をかけられました。

「あー、クレメッティ、さん。これは俺……私が個人で思いついた理論です。私がやらなくとも、いつか私以外の誰かが至る技術でしょう。所詮《しょせん》、早いか遅いかの違いでしかありません。もしかしたら世に出ていないだけでこの理論はすでに思い付いている者がいるかも」

「……そう、ですな」

「そしてそれが私のようにこの国で生まれ、困窮した研究者であるという保証はありません。私からはそれだけです」

クレメッティ氏は大きくため息をつくと、晴れやかな顔でアレクシ様に手を伸ばされました。

「いいでしょう、あなたが歴史に名を残す研究者か稀代《きたい》のペテン師か。間近で見させてもらうとしましょう。資金については私にお任せください」

わたくしたちも笑みを浮かべます。

こうしてアレクシ様は後援者を手に入れられたのです。わたくしたちは書面にて契約を行います。

ええ、わたくしの出番ですとも。

クレメッティ氏とわたくしで契約の仔細を詰めてアレクシ様にサインしていただきました。

「おお、そうだ」

去り際にクレメッティ氏が声を上げられます。

「衝撃的な話すぎて忘れておりましたが、ペルトラ夫妻にお伝えしたいことが」

「なんでしょうか?」

「エリアス王太子殿下があなた方を社交の場に呼び出そうとされています。ご注意を」

……ふむ、面倒ごとでしょうか。いや、それとも良い機会でもあるのでしょうか?

「ご忠告ありがとう存じますわ」


「イーナ!」

「エリアス様!」

余がシャツを着替えてサンルームへ入ると、既に待っていたイーナは花がほころぶような笑みを浮かべる。淡い黄色のデイドレスを着込んだ彼女は座っていた席から立ち上がり、こちらへと駆け寄ってきた。

部屋の中央で抱き上げてやると、彼女は「きゃっ」と軽い悲鳴をあげつつも幸せそうに笑う。

「今日もイーナは可愛らしいな！」

「うふふ、エリアス様も凛々しいですわ、でも……」

そう言ってイーナは余の顔に手を寄せる。彼女の柔らかな手が余の頬をなぞっていく。

「少しお痩せになられましたか？　顔色もあまり宜しくありませんわ」

む……。イーナに心配をかけさせてしまうとは。

「どうにも忙しくてな。イーナはどうだ？」

「大丈夫です！　……ちょっと大変ですけど」

壁際に控える女官共の方を見ると、大半は余から目を逸らす。一人、こちらを睨むように見つめている者がいたため、その女に声をかけた。

「おい、そこの女官」

黒白の地味な女官服に身を包む女は綺麗な淑女の礼をとって見せた。

「直答を許可する。彼女への待遇はどうなっている」

「王国の暁たる若獅子、エリアス王太子殿下に奏上いたします。今、ご覧になられた姿が全てかと」

「……どういう意味だ」

「殿下がお越しになり、それに駆け寄って抱き着くような仕草が愛らしいのは五歳児程度までてしょう」

「そんな……。イーナはエリアス様が会いに来てくれたのが嬉しくて！」

イーナは余の胸元で抗議の声を上げた。ああ、なんと愛らしいことか。

だが女官は続ける。

「感情のままに動くのは平民か子供かでしょう。王太子殿下はそれを好まれている様子ですが、王太子妃として相応しい姿でしょうか？」

「むろん、表舞台では王太子妃としてあってもらわねばならぬが、余と茶を楽しむ時にそのような無粋な事を申すな」

しかし女官は余の言葉を否定する。

「畏れながら申し上げます。マデトヤ嬢にはここでの姿も採点されている旨を伝えてございます」

「ええっ！」

イーナが驚き、女官は「二度お伝えいたしました」と述べた。

「イーナは余と会うのが嬉しくてそうなるのだ。愛いものではないか。彼女が公の場でしっかりとした姿を見せることができれば懸念《けねん》は払拭されよう」

「……時期尚早とは愚考致しますが」

「どのみち茶会はいい加減開かねばなるまい」

「は、確かに」

そう言って女官は頭を下げて壁際へと戻る。

王太子には参加、あるいは主催せねばならぬ社交が多いのだ。

公務とは議会や書類の仕事ばかりではないのだからな。今は本来であれば社交シーズンの只中。王太子とその婚約者が表に出てこないと言うのは問題であるはずなのだ。

「エリアス様、でもお時間は大丈夫なのですか？」

「イーナが心配することはない。これもまた王太子としての仕事なのだから」

今まではヴィルヘルミーナを横にせねばならず、つまらぬものだと思っていたが、イーナが共にいるなら楽しめるであろう。

そうだ！

「園遊会《ガーデンパーティー》にしようではないか。王家の庭園を公開し、外での気さくな会にしよう」

女官が口を挟む。

「それはマデトヤ嬢を伴われましょうか」

「無論だ！　イーナと余が仲睦まじくする姿を見せる必要があろう」

「先ほども申しました通り、彼女を表舞台に立たせるのは礼法の出来からして時期尚早とは思いますが……。ただ、正式な茶会や夜会ではなく、気さくな会というのは悪くないかと」

「うむ、イーナよ。お前にも新たなドレスやそれに似合う宝石を仕立ててやらねばな」

「まあ、嬉しいです！」

「……殿下」

女官が文句を言いそうな雰囲気を出したので余は先んじて申しつける。

「王太子妃としての服飾費など予算はあるはずだな？　イーナを王宮に招いてから、今までそういった催しをまだ行ってはいないのだから。そもそも、そういった商家を招き宝飾品を学ばせるのも汝らの仕事であるぞ」

「御意にございます」

「おお、そうだ。園遊会にはヴィルヘルミーナも呼んでやろう」

なんとかと言う平民と結婚させたのだ。公爵令嬢だった者が今どのような有様であるか見てやらねばならん。

「あの方をですか？」

不安げな表情をイーナは浮かべるが、何の心配もいるまい。

「うむ。陛下や高位貴族の一部には、余とイーナの婚約を快く思わない者がいるのも事実。だが余がヴィルヘルミーナを招待することで、あの女を寛大にも許してやったのだと多くの者にも示せるだろうからな」

先ほど、内務長はヴィルヘルミーナが密かに余の役に立っていたようなことを言っていたが、そんなものはあの高慢な女が余に気に入られようとした無駄な足掻きに過ぎまい。

平民に落ちて、冴えない男と並んだ無様な姿を示せば、誰もが余の正しさを改めて認識するだろう！

「エリアス様はお優しいですね」

イーナはそう笑い、女官はゆっくりと首を垂れた。

「……園遊会開催の件、各所に連絡して参ります。それでは御前失礼致します」


数日後、園遊会への招待の手紙がペルトラ家へと届きます。

貧民街に程近いわたくしたちの家ですが、あまりにも不似合いな王家の紋章入りの黒塗りの馬車から、銀の盆に載せられた手紙を捧げ持つ使者が降り立ち、こちらへと差し出したのでした。

家の周囲は騒然としています。

予め、クレメッティ氏からこの話を聞けていて良かった。

「ありがたくお受けいたします。パトリカイネン王家に栄光あれ」

アレクシ様がそう答えます。

事前に相談し、こう伝えるようにとお話ししていたのでした。

園遊会の日の空は抜けるような青。

アレクシ様とわたくしが着るのは先日、平民用の仕立て屋で作成したモーニングとデイドレスです。

アレクシ様の細身のシルエットを隠すことはなく、ぴしりと決まったグレーのウェストコートの上に黒のシングルブレストのジャケット。

わたくしは紫みの強い赤の葡萄酒色《バーガンディ》のドレスを着ます。令嬢であった頃はもっとはっきりとした赤を好んだものではありますが、平民用の店ではあまり鮮やかな発色のものは出せませんし、そもそもわたくしは既婚者になりましたからね。

こうした落ち着いた色が似合うようにならねば。

ヒルッカに来てもらい、白金の髪を華美になり過ぎないように後頭部で束ねて、筆で唇に紅をのせてもらいます。

硝子をカットした模造宝石《イミテーション》のアクセサリをいくつかアクセントに身につければ完成ですわ。

「どうかしら?」

アレクシ様に笑いかけると、彼は顔を赤らめてそっぽを向かれました。

「あー、その。なんだ。素敵だ」

わたくしはととと、と歩いて彼の顔の正面に回り込みます。

「どんなところが素敵でしょう?」

「色が……その、君に良く似合っている」

「他は如何でしょうか?」

「髪を纏めているのは新鮮だ」

彼が再び顔を背けるので、わたくしはもう一度正面へ。彼の周りを一周しました。

「他は?」

「……まだ言うのか。緑の瞳が綺麗だ」

「あら、わたくしいつもこのペリドットの瞳ですけど、いつも綺麗と思ってくださるのかしら?」

アレクシ様の頬がさらに赤くなります。

「普段よりも化粧しているから、か、輝いて見える。……い、いや！　普段から綺麗ではないと言ってる訳じゃないんだ。あー、いつも美しい」

わたくしの口からふふと声が漏れました。わたくしは手にしていたスリーピークスに折ったチーフを、アレクシ様の胸ポケットに挿し込みます。

「わたくしは美しいのですね？」

「あ、ああ」

「誰よりも？」

「誰よりも。……なあ、これ言わせてないか？」

アレクシ様が困惑された表情をなさいます。

「ふふ、大切なことですのよ。アレクシ様も素敵ですわ」

「……からかわないでくれ」

「冗談ではありませんことよ」

アレクシ様の胸元に指を突き付けます。

「いいですか、アレクシ様。大切な、社交における最も大切な心構えを教えて差し上げます。胸に刻んでくださいまし」

「分かった。社交の先達に教えを乞わせてもらうよ」

「わたくしが素敵な女性であるとアレクシ様は仰いました。良いですか、素敵な女性をエスコートしている殿方は素敵なのです。つまりアレクシ様は素敵です」

「ん、……んん？」

彼は首を傾げます。

「アレクシ様の右手に手を添えるわたくしが、園遊会の会場で最も素敵だと確信してくださいまし。そしてそれを誇り、胸を張ることです。実際のわたくしは良くできた妻ではないかもしれませんが……」

「否！」

アレクシ様が声を張り上げられました。

「ヴィルヘルミーナは俺には勿体無いような素晴らしい妻だ」

「そうですか？　料理もできませんし」

「だが賢く、俺の研究内容もわかってくれる」

「初対面で頬を叩きましたし」

「あれは……俺が悪かったんだ」

「夫婦としての夜の営みもありませんわ」

彼は俯き、頭を下げられます。

「それは……すまない。俺に、あー……何だ」

「やはり魅力がない？」

「違う！　俺に……自信がないんだ」

わたくしは彼の額を押し、顔を上げさせます。背中を軽く叩きました。

「では自信をつけてくださいませ。わたくしを素晴らしいと感じてくださるなら、それを園遊会の態度で示してくださいませ。いずれ自信になりますわ」

「……なるかな」

アレクシ様は鼻の頭を掻きながら、ぽつりと呟かれました。

「ええ、わたくしだってデビュタントの時は自信なんてありませんでしたことよ。虚勢でも良いのです。ただ、隣に立つわたくしを信じてください。わたくしもアレクシ様を信じておりますから」

「……分かった」

アレクシ様はぐっと背筋を伸ばされました。そう、それで良いのです。運動の効果がでてきているか、体幹が安定されたようにも思いますわ。

アレクシ様の右手を取って、肘のあたりまで上げます。

「手はこの位置に。歩く速度はわたくしに合わせて」

「ああ」

「わたくしを全ての悪意や困難から守る騎士であるかのように、わたくしという船を導く水先案内人のように、灯台の光のようにエスコートしてください」

「分かった」

わたくしは彼の腕に手袋に包まれた手を置きます。

「じゃあ行ってくる」

「行ってきます」

ヒルッカとセンニに出かける旨を告げ、わたくしたちは家を出ました。

頭を垂れる彼女たちを背にして、家の前に停められた、王家の迎えの馬車に乗り込みます。アレクシ様にしっかりと手を取られながら。

園遊会の会場は王城の庭園が使用されます。

馬車の長い車列が城門を抜けていきますが、下位の貴族や平民は長く待たされるものです。

アレクシ様の研究について、御者には聞こえぬようこっそりと耳元で話をして時間を潰しましたわ。

さて、到着したわたくしたちが庭園の芝生の上を歩いていくと、周囲からはひそひそと声が上がっているのに気づきます。

ふむ?

わたくしたちを見咎めてと思いましたがそうではない。わたくしたちの方を見ていない人々も眉を顰めて近くの方々と声を交わしています。

「ああ、なるほど」

近づくにつれて理由が分かりました。

会場の芝生に緋絨毯が敷かれ、恐らくはポットマムと思われる無数の黄色の花弁がその上に散らされています。そして中央に据えられていたのは鮮やかな紫がかった桃色の大輪のダリア・インペリアルの花瓶。

はるか西方よりもたらされた、王の名を冠する花ですが……。

わたくしは鼻で笑います。

「会場の雰囲気が変だが、……どういうことだ？」

「あの花を見て呆れているのですわ。この園遊会はエリアス王太子殿下の主催、当然婚約者であるマデトヤ嬢がそれを補佐しているはずですが、そのセンスの悪さにですね」

アレクシ様は首を傾げられます。

「美しい花々に見えるが……」

「美しいのは間違いありませんわ。でも、会場中央に美しいものを配置したら、折角の庭を巡る価値が下がるでしょう」

「ああ……」

「それに季節もちぐはぐ、あれは秋の花ですわ。王家の大温室で秋の花を夏にも見られることを誇示しようとしたのでしょうか。散らされている花はポットマム、菊とも呼ばれる東方の花。中央の紫の花は西方の花。王家の富を誇ろうとしているのかもしれませんが、そういうのはもっと屋内で行うような小規模な会でやるものです。奇を衒《てら》いすぎですし、平民も招くような園遊会でやるには品が無さすぎますわ」

配色もいまいちですしね。そう言うと、アレクシ様のみならず、近くにいた方々まで感心した様子で頷かれました。

ふふ、この辺りは下位の貴族や平民でしょうからわたくしの顔をあまり知られていないようですわ。

　ですが遠くの方、高位貴族たちのいる辺りから、わたくしたちを、いやわたくしを蔑む声もいたしますわ。

「あら、ペリクネン公爵令嬢よ」

「元、ね。今は何だったかしら？　ペルティア夫人でしたっけ？」

「隣にいる男でしょ？　ペルトラよ。でも平民なんだし」

「そうね、ヴィルヘルミーナと呼んでしまえば良いのよね」

　扇で口元を隠して話に興じておられますが、しっかりとわたくしや周囲に聞こえる声の大きさです。

　表情の硬くなるアレクシ様に少し屈んでもらい、扇で口元を隠して囁きます。

「直接こちらに声を掛けられない限りは全て無視して構いませんわ」

「分かった」

　わたくしは特に意味なく踵を浮かせて下ろし、扇を閉じるとアレクシ様にエスコートされる体勢に戻り、笑みを浮かべて周囲を見渡します。

　顔を赤らめる令嬢たち。笑う方も顔を背ける方も。

　ちなみにこれ、アレクシ様は気づいておられませんが、公衆の面前で口付けを交わしたように見えるのです。

　はしたない？

良いのです。今のわたくしは平民なのですから。

さて、この園遊会は王太子殿下の声がけであり、若い貴族夫妻や貴族の子女を中心に招かれています。集まった方々は全体的に若々しく、どこか少し浮ついた雰囲気。

特に未婚の貴族子女にとっては婚約者を探すという大切な社交の場でもありますからね。

既婚の者と未婚のもので大体居場所が分かれていくものですが、殿下がまだ登場されていませんし。

どうしたものかしら、殿下と挨拶できるのは高位貴族から。それを思えばわたくしたちまで挨拶の番など回ってきませんし、見つからないようにさっさと帰っても良いのですけど。

そう思っているうちに、高らかに喇叭《ラッパ》の音が鳴り響き、エリアス王太子殿下が庭園にいらしたことを伝えます。

庭の騒めきが収まり、皆が頭を垂れます。

アレクシ様は今日まで練習を続けた紳士の礼の姿勢を、わたくしは淑女の礼をとりました。

…………？

おかしいですわ。

殿下の声が聞こえない。礼を取らせる時間が明らかに長い。

いや、淑女の礼とは実のところ下半身にかなり力のいる厳しい体勢なのですが。

わたくしは公爵令嬢であった頃に鍛えられていますけど、近くの女性たちの身体が揺れているので早くお声がけいただきたいのですが。

足音が近づいてきます。

……ちょっと、正気ですかこの馬鹿王太子が！

わたくしを貶めようとする意図があっての招待だというのは、始めから分かっております。ですが物事には守るべき順というものがあるでしょうに！

「皆の者、よくぞ余の招きに応じて王城へと参ってくれた。面を上げよ」

殿下の声がわたくしの頭上より聞こえてきます。

平民という立場を示すべく、皆の衣擦れの音を聞いてから、ゆっくりと頭を上げます。

わたくしの正面には、隣にマデトヤ嬢をエスコートしたエリアス殿下の姿。真面目ぶった顔をされていますが、喜悦に口元を歪めているのでした。

わたくしを見下し、皮肉でも言いに来るのは良いですわ。

ですが平民に最初に声を掛けるなど、王族としてあってはならぬこと。

周囲の方たちもこちらの成り行きに注目しています。

「息災か、ヴィルヘルミーナ」

舌打ちしたい気分を抑えて返答します。

「王国の若き獅子たるエリアス王太子殿下にご挨拶申し上げます。殿下の格別な計らいにより、日々を恙無《つつがな》く過ごしております」

エリアス殿下の姿は王太子としての昼の正装としてわたくしも見慣れている白地に金糸の刺繍のジャケット、肩章などの装飾は格調高いもの。

ただ、かつてはわたくしの瞳の色であったペリドットのブローチを身につけていたものが、今はマデトヤ嬢の髪色をあらわしたピンクダイヤモンドのものに変わっています。

そして殿下にエスコートされるマデトヤ嬢の格好は、首回り《デコルテ》の大きく露出したデイ、ドレス……？

孔雀の羽根に飾られた帽子、肘まで隠す七分丈の袖は確かにデイドレスの構成でしょう。

ですが引き摺るような裾の長さに、夜の灯の下でこそ艶めかしく輝くであろう深き色の絹のドレス。

さらに首回りが広く肉感的な胸の谷間まで露わにしているのは、太陽の下で見るには破廉恥と感じられます。

胸元に青く輝くサファイアは殿下の瞳の色でしょう。

殿下が口元を歪めて仰います。

「うむ。だが恙無くといってもな、ドレスの一着すら満足に用意できぬか」

エリアス殿下は馬鹿ではないはずなのですが物言いに気品というものがありません。何も直接的に貶めれば良いと言うものでは無いと言うのに。

事実、周囲に目をやれば不快感を示す方々もいらっしゃる。

「お目汚し失礼いたします。ですがいまやわたくしは、庭園に咲き誇る薔薇ではなく、野に咲く薊《アザミ》が故に」

「ん、うむ。そちらは、あー、なんと言ったか」

「アレクシ・ミカ・ペルトラと申します。本日はお招きいただき、ありがとうございます」

エリアス殿下がアレクシ様に声をかけました。そもそも本当は男性側に先に声をかけるのが作法ですけどね！

「ああ、そうであった。ペルトラよ。……随分前に見た時と印象が違うな？」

アレクシ様の着ている服は、以前の叙勲の際に着ていたものよりも金銭的にはずっと安物でしょう。ですが、ずっとお似合いですから。

「はい。妻の助言を得て、服装に気を遣うようになりました」

「どうだね、ヴィルヘルミーナは。貴族の中でも高慢な女であったが苦労はしていないか？」

「いえ、良き妻として支えてくれます。彼女をご紹介いただきました王太子殿下には改めて感謝いたします」

思ったような反応を得られなかった殿下は不機嫌そうではありますが、感謝の言葉を示したものにそれを咎める訳にもいかないのでしょう。口籠もります。

ついで女性同士の挨拶なので、マデトヤ嬢が一歩前に出ました。

「ヴィルヘルミーナさん、お久しぶりです」

「マデトヤ様もお美しく着飾っておられます。孔雀は美しき羽を有されますわ」

彼女ははにかむように微笑みながら頭上の羽飾りに触れます。

「えへへ、ヴィルヘルミーナさんも似合ってますよ」

マデトヤ嬢からは邪気・悪意といったものが感じられない。彼女はおそらく本心でこの言葉を言っているのでしょう。なんの皮肉も裏の意味もなく！

わたくしにはそれが恐ろしい。

貴族としてあり得ない純粋さと、王妃としてあり得ない愚かさ。殿下はそれ故にマデトヤ嬢に惹かれたのでしょうけども。

「恐悦至極にございます」

「このお庭、イーナが飾ったんですよ！　いかがですか？」

彼女は庭の中央の飾りを指し示しました。わたくしが先ほどアレクシ様にセンスが悪いと伝えたものです。

わたくしは柔らかに微笑んでみせました。

「真夜中の太陽が如き力強さと、白昼の残月が如き繊細さ。わたくしには真似できない斬新な美しさを表されていますわ」

「まあ、ありがとうございます！」

わたくしは二人に向けて改めて頭を下げました。

「お二人が互いを支え合い、いつまでも仲睦まじくあられますよう。お二人は太陽と月が真っ直ぐに並ぶが如くにお似合いにございます」

「あ、ああ。汝らもな」

殿下はわたくしが祝福するような言葉を自ら投げかけたのに面食らったような表情で、マデトヤ嬢と共に私たちの前を後にします。

居並ぶ貴族の方々の何人かはぎょっとしたような表情でこちらを見つめました。

わたくしはアレクシ様に耳打ちします。

「思ったより簡単に殿下を退けることができましたわ。あとは乾杯だけ参加して、頃合いを見て抜け出しましょう。酒に口はつけるだけで飲まれませんよう」

「ああ、わかっている」

毒を盛られる可能性がありますからね。毒殺とまでは考えておりませんが、嘔吐するようなもので名誉を傷つけようとする可能性はありますし。

会場の隅で目立たないように花を眺め、ですが人目につかぬような場所へは行かずにやり過ごしていきました。

そうしてそっと早めに園遊会を抜け出したのです。


わたしの名はミルカ、サーラスティ伯爵家の娘よ。今日は王太子殿下主催の園遊会に行ってきたの。

わたしは園遊会から帰ると早速、自分の部屋へと戻って侍女のシグネに話しかける。

「ねえねえねえ、シグネ聞いて！」

「はいはい、どうされましたミルカお嬢様、そんなに興奮なさって。園遊会に素敵な殿方でもいらっしゃいましたか？」

「ちがうわよ！」

「ちがうのですか、残念ですわ」

シグネはわざとらしくため息をつくと、用意していた布でわたしの顔の化粧をぬぐい始めた。

「園遊会にヴィルヘルミーナ様がいらしたの！」

ペリクネン公爵令嬢、ヴィルヘルミーナ様。わたしはあの方の友人をさせていただいていたの。彼女が無実の罪で公爵家を追放され、平民の男と結婚させられたと聞いた時はショックだったけど、久しぶりにお姿を拝見できたわ。

「ミルカお嬢様が敬愛なさっていた御令嬢ですね。どんなご様子でしたか？」

「ご結婚なされていることもあって随分とシックな服装だったわ。隣にいるご夫君は、随分と痩せた方だったけど、とても親しそうに振る舞ってたかしら」

シグネは布を机に戻すと、わたしの後ろにまわって髪をほどき始めながら言う。

「噂では殿下の真実の愛とやらを邪魔して平民に落とされ、不遇をかこっているとお聞きしますが」

「嘘ね、そんな様子には見えなかったわ。もちろん服装や宝飾品なんかはかつてのヴィルヘルミーナ様と比べるべくもないけど、決して不幸そうには見えなかったもの。でねでね。ヴィルヘルミーナ様ってば、王太子殿下に向かって、自分は『庭園に咲き誇る薔薇ではなく、野に咲く薊が故にと言われたのよ！　すごくない？」

「……まあ、それはその通りではありませんか？　高貴なる身ではなく平民であるという」

わたしはちっちっと指を振ります。

「甘いわね、シグネ」

彼女はわたしの指をそっと捕まえてくる。

「そのような品のない仕草はおやめください」

「はーい。じゃなくて、違うわよシグネ、これは花言葉よ。薊の花言葉は『復讐《ベンジャンス》』、つまりヴィルヘルミーナ様はいつか殿下に復讐してやるっておっしゃっているのよ！」

しかしシグネは首を傾げました。

「……ミルカお嬢様が深読みしすぎでは？」

シグネはわたしの髪から簪《かんざし》を抜き、結った髪を崩しながら言葉を続けます。あるいはお嬢様のそうであって欲しいという願望か、と。

わたしはそれを即座に否定します。

「いやいや、ほかにもかなり辛辣なこと言ってらしてね。あのマデトヤ嬢に『お美しく着飾っておられます。孔雀は美しき羽を有されますわ』とか言ってらしたのよ！　彼女には全然皮肉が通じてなかったんだけど！」

「『孔雀は美しき羽を有し、だがその脚は汚い』ですか」

そうそう、諺よね。もちろん後ろを言ってないから、ただ美しいって褒めただけに聞こえるけれども。

「あとマデトヤ嬢のセンスない飾り付けを、『真夜中の太陽が如き力強さと、白昼の残月が如き繊細さ』って言ってたわ。とても真似できないとも」

「ふーむ、あり得ない、ですか。そんなに酷かったんですか？　飾り付け」

「いや、綺麗は綺麗だったわよ？」

わたしはシグネにマデトヤ嬢の服装の破廉恥さや、彼女の飾り付けやふるまいがいかに園遊会に相応しくなかったかについて語ります。

シグネはわたしのドレスを脱がせ、コルセットを緩めつつ相槌を打っていました。

「マデトヤ嬢についてお嬢様もヴィルヘルミーナ様も資質に問題があると感じられているのはわかりましたが、王太子殿下に『復讐』というのはあまりにも……」

「違うのよ。ヴィルヘルミーナ様は最後にこう言われたの。『お二人は太陽と月が真っ直ぐに並ぶが如くにお似合いにございます』と」

「普通では……？」

わたしはちっちっちと指を振ろうとし、シグネに止められます。もう。良いところなのに！

「真っ直ぐに、よ」

「……なるほど。蝕《エクリプス》ですか。それは随分なご覚悟ですね」

そう、月と太陽が真っ直ぐに並べば、太陽はその陰に隠れて見えなくなる。

「太陽に喩えられる我が国の王権にそう言ってのけたのよ！　流石だわ！」

「ふふ、ミルカお嬢様は本当にヴィルヘルミーナ様がお好きですわね」

シグネはわたしに部屋着を着せながら言います。

「そうよ、ねえシグネ。ヴィルヘルミーナ様がそう仰るんだから何か理由があるはずだわ。それを調べさせてちょうだい。平民として王都の片隅で息を殺して過ごすような方ではないもの」

「しかし、どの貴族家としても彼女やその夫の……」

「ペルトラね、アレクシ・ペルトラ」

「ペルトラ氏を援助したとなれば殿下や王家に目を付けられましょう」

そう、そうなのよね。わたしは暫し考える。うん。

「まずは調査よ。慎重にね。そしてあの方がお困りで、お父様が動けないなら……。もしわたしでもお手伝い出来ることがあればこっそりと動くことにするわ」

わたくしたちが園遊会の会場を抜け出してすぐ、馬車止めについたときでした。

「ヴィルヘルミーナ」

わたくしは声をかけられたのです。

声をかけてきたのは真新しいモーニングコート姿の初々しい少年。髪は白金、瞳は翡翠。わたくしと良く似た色合いです。それもそのはず、彼はわたくしの血の繋がった弟なのですから。

かつては姉さんと呼んでいましたが、家族としての縁は切れてしまいましたからね。

わたくしは淑女の礼をとります。

「お久しぶりです。ペリクネン公子ユルレミ様、それともラトゥマ伯爵となられましたでしょうか？」

わたくしは今季の貴族年鑑は見ておりませんけど、彼は十五歳。成人を機にペリクネン公爵家が保有する爵位の一つであり、継嗣に与えられるラトゥマ伯の名を得ているはずです。

「ああ、ラトゥマだ。だがユルレミで良い」

「ではユルレミ様と」

彼は一瞬だけ不満げな顔を覗かせます。敬称をつけたのが気に入らないが仕方ないと思っているというところでしょうか。

「随分と危うい発言をする」

あら、聞かれていましたか。

「殿下たちを褒め称えただけですわ。ちょっとした失礼があっても、平民の言動として誤っていたという程度の話」

「姉さんが平民……ねぇ」

胡乱《うろん》げなものを見るような目を向けられます。

ふふ、彼はまだわたくしのことを姉と呼んでくれるのですね。

ユルレミはちらりとわたくしの斜め上、アレクシ様に視線をやりました。

「紹介しますわ。夫のアレクシです。こちらはユルレミ・ラトゥマ様。次代のペリクネン公ですの」

　アレクシ様が礼をとります。

「初めまして。ラトゥマ卿」

「ああ、ペルトラ氏ですね。初めまして。お二方、ぜひ当家の馬車にお乗りください。お送りしましょう」

　こちらに視線をやったアレクシ様に頷きます。

「ありがとうございます。お誘いありがたくお受けします」

　からからと車輪が軽快な音を立てて石畳を蹴ります。やはり公爵家の馬車は良い。座っていても快適です。アレクシ様は内装の絢爛さに気が引けたか、わたくしの隣で身を固くされていますが。

　馬車はゆっくりと王都の中心部を走っています。これはわたくしと話すためということでしょう。

　正面に座る弟に話しかけます。

「ユルレミ様は……」

「ユルレミで良い。この馬車の中くらいは」

　思わず笑みが浮かびます。

「そうね、ユルレミ。元気だった？」

　彼は溜め息を一つ。

「ええ、勿論。むしろこちらの台詞ですよ、生活が大きく変わったのは姉さんの方でしょう」

「慣れないなりに楽しんでいるわ。大丈夫よ」

「姉さんはなぜか妙に逞しいところがあるよね。まあ倒れたりしていないようで安心した」

ユルレミはおもむろに口を開きます。

「太陽を射落とした者は家僕に殺された」

ふむ……なるほど。わたくしは言葉を返します。

「陽が沈むのは矢によるものにあらず。……陽は自らを焼き沈む」

「太陽が地平線に沈む時、平原の住民たちもその身を焼かれん」

交互に一節ずつ。言葉を放つたびに、アレクシ様の視点が二人の間を彷徨います。

「祈り、首を垂れる者の頭上を嵐は通り過ぎる」

「然りとて彼らはその身を金で飾り、月を抱き天に昇ろうとする者なり」

……なるほど。それがペリクネン公と王太子殿下の策でしたか。

「月を手放せ、そは張り子の月なれば輝かぬ」

「彼らは張り子の月に金箔を施そう。最も敬虔なる者は平原を去ったがため」

「敬虔なる者は彼方の地で安寧を祈る」

ユルレミは笑いました。

「否、彼の者は矢を研ぐ」

わたくしも微笑みます。まあその通りですわね。ユルレミはアレクシ様に視線を向けました。

「あなたがヴィルヘルミーナの矢、それで良いのですか？」

ユルレミから手を差し出して二人は握手し、アレクシ様はユルレミの言葉に首を傾げながら言い

ました。

「俺にはあなたたちの言葉の半分の半分も分かりませんが。それでも妻の求めに応じてやればと思っています」

　ユルレミは声を潜めて言います。

「彼女の復讐に手を貸すと？」

　アレクシ様は茶色い瞳でわたくしをちらりと見て頷きます。

「彼女のためだけという訳ではありませんから」

　ユルレミは呆れたように呟きます。

「随分と都合の良い夫を見つけましたね」

「必然ですわ。王太子殿下がわたくしをああいった形で貶めようと画策したからです」

「違いない。アレクシ氏、ヴィルヘルミーナを、かつて僕の姉だった人をよろしくお願いします」

「はい」

　馬車が停まりました。わたくしたちの家の手前のあたりです。

　ユルレミが背後の窓を開け、御者と二、三言葉を交わしました。

「送るのはここまでです。この先は道が狭い」

「ええ、十分よ。ありがとう」

　従僕が扉を開け、降りるための階段を用意しました。

「ヴィルヘルミーナ、お幸せに」

「ええ」

ユルレミは去り際に呟きます。

「最も敬虔なる者の飼っていた羊たちは、屠殺される前に平原の住民の若者が買い上げた」

まあ！　わたくしが内心で感激していると、彼は続けます。

「その分だけ矢に手心を加えてくださいそれでは」

わたくしは階段を下りると、ユルレミに向かって深く頭を下げました。

そして馬車は走り去っていきました。

わたくしは隣で頭を下げられていたアレクシ様に声をかけます。

「アレクシ様、どこかで食事でもいたしませんか？」

「そうだな。料理を前にして、何も食べなかったからな。流石に何か食べたい」

そもそもパーティーではほとんど食事はいたしませんけどね。今回は特に毒物も警戒して全く手をつけませんでしたから。

と言うことでちょっとした喫茶店へ。モーニングにドレスだと少々場違いですが、テラス席の方へと向かい紅茶とパンを頼みます。

「結局どういう意味だったんだ？」

注文を運んできたウェイターが去った後、アレクシ様が尋ねました。

「園遊会のさなか、わたくしが殿下とマデトヤ嬢に挑発的な言動をしたのです」

「へえ」

わたくしは殿下たちに伝えた言葉の意味を教えました。

アレクシ様は眉を顰めます。

「それは言っても大丈夫なものだったのか？」

「彼らはわたくしの言葉の裏の意味など読みませんわ。それに今日は格の低い園遊会ですし、平民がちょっと失言した程度でどうこうなることはありません。ただ、弟は心配してくれたようですが」

「馬車の中での、ラトゥマ卿との話はなんと？」

ふむ、ユルレミは馬車の中であろうと警戒はしていたのですよね。わざと詩で暗喩していたのですから。王家の監視が車内にまで及ぶはずがない。つまり警戒しているのは馬車を運転する御者、馬車に並走する従者たち。つまり、ペリクネンの家のものたちということです。

……なるほど、少し勘違いしていたようです。父はわたくしが王太子殿下に婚約を破棄された日、さも驚いていたように見せていましたが、あれは演技。初めから父が王太子側ということですわね。

ユルレミはペリクネンを継がねばならない。故に王家や父に従っていると思っていましたが、今日の話からするに、かなりわたくしに便宜を図ってくれているようです。

「……ああ、すいません。少し考え込んでしまいました」

アレクシ様は問題ないと優しい瞳を向けてくださいました。わたくしは声を顰め、口元を扇で隠しながらアレクシ様にお伝えします。

「わたくし、ユルレミは王太子派だと思っていましたの」

アレクシ様の眉がぴくりと動きます。

「でも違う、次代のペリクネンであれば、次代の王と近いところにいる必要があっただけ。彼のできる限りにおいてずっと懸命に動いてくれたのでしょう」

まだ十五にもならぬうちから。目元が熱くなるのを感じます。

「ええと、ユルレミとの話の内容でしたわね。太陽は王家の暗喩、矢はアレクシ様。わたくしがアレクシ様を使って王家を攻撃しようとしていると」

「家僕に殺されたとは？」

「そういう神話があるのですわ。太陽を射落とす達人が家僕に殺されるというね。それをもとにわたくしに警告したということでしょう。それに対して、わたくしは自らが動く、つまり暗殺や革命など考えていない、ただ殿下は自滅すると告げました」

「その身を自ら焼く、か。平原の住民とは？」

「平原の住民とはペリクネン公爵家です。ああ、単語はなんだって良いのですよ。ペリクネンのＰと公爵のＤが平原《Plain》のＰと住民《Dweller》のＤにかけているだけです」

わたくしはアレクシ様の掌にＰとＤの文字を書きました。

くすぐったそうに彼の手が引っ込められます。

「なるほど、王家が失墜すると公爵家も失墜すると？」

「そうですわね、以前銀行でお伝えした通り、ペリクネン公爵家が支出を抑えればそれは避けられると伝えたのですが、彼は無理と言ったわけですね。月はマデトヤ嬢。彼女を養子に迎え、さらにそれを飾るのに金をかけると」

「敬虔なる者とはあなたか」

少し笑ってしまいます。わたくしが敬虔だなんてねえ。

「そうですわ。羊はわたくし付きの使用人たち。解雇されそうになった分は、ユルレミが伯爵となるに応じて増える用人として再雇用する形で収めてくれたのでしょう」

そう、あの子は王太子や父に疑いを持たせぬため、わたくしと会うこともなく声を交わすこともなく。

それでもわたくしの大切な使用人たちをその懐で護ってくれたのです。

「なるほどね……複雑怪奇だ」

アレクシ様は喫茶店の椅子にずり落ちるように沈んでいきました。

わたくしは笑って手を差し出します。

「ほら、ジャケットが皺になってしまいますわ」


園遊会から数日後のことである。余は父に呼び出され、王城は白蓮の間へと向かった。

余と父であるヴァイナモⅢ世陛下が向かい合って座る。使用人が紅茶を淹れると、父は人払いをさせた。彼らを部屋から退室させ、誰も入らぬよう命じたのだ。

「エリアスよ」

「はっ」

父は紅茶に手をつけることもなくこちらに声をかけた。

背筋を伸ばして拝聴する。

「汝の婚約者候補の娘、なんと言ったか」

「イーナ・ロイネ・マデトヤです」

ちっ、わざとらしく覚えていないフリをされる。覚える価値もないと言っているに等しい。

「彼女の教育、上手くいってないようだな」

……またその話か。

「ですが彼女はまだ次期王妃としての教育を始めたばかりゆえ……もう少し時間をいただければと」

「覚えているか。お前たちが次代の国王夫妻として相応しくないと判断された時、それは破滅を招くことを心せよと伝えたのを」

「は、はい」

「お前たちが十にもならぬ幼児であり、結婚式を挙げるまでに五年や十年という時間があるなら教育に時間をかけるというのも頷けよう。どうするのだ。今から十年かけるか?」

「いえ、さすがにそれほどは」

父はため息をついた。テーブルの脇にある上質な紙の束、おそらくは余とイーナに関する報告書だろう、それにぱらぱらと目を通す。

「礼儀作法の不出来もそうだが、美術や服飾のセンスも良くない。男爵家の令嬢では当然かもしれんがな。女主催者《ホステス》としての動きもできておらん。お前たちは園遊会で随分と醜態を晒したようだ」

醜態だと？　バカな、そんな報告が？

「いっいえ。そんなことは。それに仮に多少の失敗があっても令息令嬢ら、若者を中心とした気さくな集まりです。そこまで問題にはならないはずで……」

父は鼻で笑うことで余の言葉をとどめた。

「エリアスよ、イーナという女を連れ出したのが格の高い集まりでなかったことだけは褒めてやろう。あれが晩餐会であればその場で叩き出したとも。だが、その気さくという園遊会でも目に余る行動であったのだ」

大きくはイーナのドレスについて、飾りの問題点、最初にヴィルヘルミーナに声をかけたこと。父はその話をして、それ以外にも細々とした数多の失敗があると報告書を余に渡した。

「……後でしっかりと目を通しておけ。しかしそのような服装やらについては、お前がしっかりとフォローしてやれば良いのだがな。結局のところ、お前もそのようなセンスがないと露呈したようなものだ」

「こ、今回は失敗しましたが、今までそのようなことは」

このようなことで叱責を受けたことはないのになぜ今回だけ……！

「ヴィルヘルミーナ嬢の方が理解していたからであろう。お前は何も分かってなかった、いや知らないことすら分かっていなかったのだ。お前に一つだけ助言してやろう。従者や侍女、使用人たちの声に尋ねよ。しっかりと耳を傾けるのだ」

余が不満げな表情を浮かべたのが分かったのだろう。

「お前は頑ななところがあるからな」

父はそう呟くと、しばしの沈黙ののち、さらに言葉を続ける。

「パーヴァリーの継承権を繰り上げることも考えている」

「そんな！」

パーヴァリーは余の弟で王位継承権二位。それを繰り上げるとは奴が余に替わって王太子となり、余が廃太子されると言うことではないか！

余は思わず立ち上がる。

父はそこで初めて茶を喫した。

落ち着けということか。余は大きく息をつくと、座り直して茶で唇を湿らせる。

「驚くようなことではない。当然だが貴賤結婚は認めんぞ」

「い、いえ。それもあってイーナにはペリクネン家に養子に行ってもらうことに」

貴賤結婚、王族の場合は他国の王族か公爵・侯爵家の者としか結婚できないという決まりのことだ。それより下の家格の者と結婚したい場合は王族から外れねばならない。

だがそれゆえに余はペリクネン公爵家と交渉し、イーナをそこの養子とすることで公爵令嬢とするのだ。公爵家であれば王族に迎えるのに誰も文句は言わん。

「お前の奸計は分かっておる。だがそれでも養子なのだ。お前たち若者はこういった言い方を嫌うのかもしれんが、尊き血が流れている訳ではない。それは貴族たちに、あるいは他国に侮られる」

「それはお考えが古いかと。余らが結ばれることで反発も減りましょう」

父は頷く。

「お前の理念は急進的に過ぎるが、決して悪くはない。実際、王都の民はお前とイーナ嬢の婚約を歓迎していよう」

その通りである。だが父はこう続けた。

「だがな、お前の考えが平民や貴族、他国に広く認められるには、お前たちが素晴らしい国王と王妃となるのであればこそだ。王も教会も貴族も民も。誰もが彼女を元男爵令嬢と知っている。お前が王妃として相応しいヴィルヘルミーナ嬢を排除してまで王妃と望んだイーナなる女。それが彼女より優れているならまだしも、はるかに劣るとなったらどうだ。誰もが、陰で所詮は男爵令嬢と言うだろう。そしてお前の愚かさをも嘲笑するであろうな」

「っ……」

余が返す言葉を考えているうちに父は立ち上がった。

「話はこれまでだ。お前たちに残された機会は、時間は少ないと心得よ」

第四章：魔素結晶化装置の完成とA&V社

さて、園遊会も終わりました。ついでにユルレミと話すこともできました。

ユルレミはわたくしに協力的・同情的でしたが、ペリクネンを継ぐ者として表立ってわたくしたちのために動くことはできないでしょうし、わたくしとしてもさせてはなりません。一方で元父、ペリクネン公がエリアス殿下と共謀してわたくしを放逐したという疑惑も出てきましたわ。

エリアス殿下たちともお会いしましたが、想定していたほど愚弄されるようなこともなく。かえって皮肉も言えたくらいではありました。

おそらくですが、陛下から窘《たしな》められていたのではないでしょうか。

アレクシ様とわたくしが仲睦まじくしているところも見せることができました。

殿下たちがあまり王太子とその婚約者に相応しからぬ振る舞いを見せたことにより、彼らの評判が下がり、それは逆説的にわたくしの悪評を僅かなりとも払拭することとなるでしょう。

それが何を齎《もたら》したかというと……。

「旦那様、奥様。またお手紙が来てますすよ！」

センニが言います。

机の上には紋章で封蠟《ふうろう》された手紙が積まれています。

「ふふ、アレクシ様良かったですわね」

「中身を見ないでも分かるのか？」

「ええ、今あるもの、そしてこれから来るものは茶会や食事会といった社交の誘いや、融資の件について聴きたいと言うような申し出でしょう。アレクシ様はこの中から気になるものをお選びになれば良いのです。例えばこちらなんて」

わたくしは何の装飾もついていないシンプルなペーパーナイフで封筒の一つを開け、中を見ずにアレクシ様にお渡しします。

「これは……商家からだな。融資の話を改めて聴きたいと。ええと……この名前は」

「以前、二人で伺って、さんざん待たされて会ってもくれなかったところですわ」

アレクシ様が渋い表情をなさいます。

わたくしは彼の手から手紙を抜き取り、床にぽいっと投げ捨てました。

「であれば、そんなところは無視して良いのです。センニ、手紙が入る大きさの箱を三つ用意してくださらない？」

「はぁい」

彼女が部屋を出て行きました。アレクシ様が尋ねます。

「箱を三つも何に使うんだ？」

「まずは話を検討するもの、断るもの、返信したものですかしらね。アレクシ様はお手紙を読んで興味あるかだけおっしゃっていただければ。返信はこちらでいたしますわ」

「……助かる」

わたくしは笑みを浮かべます。

また、かつての学友だった令嬢たち。どうもミルカ様が中心となって友人やご両親たちに話を通してくれているようです。貴族家からも話が来ていますが、茶会や晩餐に平民がのこのこと足を運ぶわけには行きませんわ。ドレスもそういくつも用意できる訳ではありませんし。

もっと個人的なお誘いや商談へと誘導していきましょう。わたくしは便箋にペンを走らせます。

と、このように良い影響は出ている一方で悪い影響も……。

ある夜、アレクシ様が仕事からお帰りになった時でした。

「おかえりなさいま……どうされたのですか！」

わたくしは驚いて挨拶を中断し、アレクシ様に駆け寄ります。

彼の口の端は切れたのか血が滲んで垂れ、腫れていました。

「ん、ただいま」

口が痛いのかくぐもった声でお返事が返ってきます。

「センニ！　清潔な布と消毒液を！」

「はい！　奥様！」

わたくしはアレクシ様を椅子に座らせると、彼女から布を受け取り、アレクシ様の唇を押さえます。

乾いて固まった血がポロポロと剝がれ落ちました。

「奥様、消毒液は無いので……」

渡されたのは蒸留酒《リカー》。王都の井戸の水は決して清潔ではありませんし、仕方ありませんか。

布に琥珀色の酒を染み込ませます。

「沁みますわよ」

わたくしがアレクシ様に布を当てるとアレクシ様が悲鳴を上げました。

「いっ……！　ぁっ……！」

アレクシ様の身体がびくりと跳ねます。

わたくしは唇に手を当てたまま、彼の頭を抱きかかえました。

胸の中でばたばたとアレクシ様の頭が動きますが、傷口や垂れた血を拭い取ります。

「頭は打たれていませんか？」

「だ、大丈夫だ！」

じたばたと動こうとされるので、ぎゅっと力を込めます。

「安静にしないといけませんわ。我慢してくださいまし。顔も赤いですから」

センニが笑います。

「それは奥様の胸が当たっているからですね」

「あら」

わたくしが手と身体を離すと、アレクシ様の動きが止まりました。

「うん、あー。治療ありがとう。だがその。なんだ。慎み、そう慎みをだな」

「まあ、夫婦なのですし、気になさらなくて宜しいですのに」

わたくしがアレクシ様の手を握ると、彼はそっぽを向きました。まだ目元が赤いですわ。

センニが包帯を持ってきましたが、アレクシ様はそこまでは不要と告げられました。確かにもうほとんど血も止まっている様子ですし、大丈夫かとは思いますが。

わたくしは尋ねます。

「さて、アレクシ様。何があったのかお教え願えますか?」

「職場……研究所の奴らさ。どうにも俺が気に食わないと」

ふむ、やはりそうでしたか。わたくしは頭を下げます。

「アレクシ様、申し訳ございません」

「ヴィルヘルミーナ……、君のせいではない」

「いえ、わたくしのせいでもありますわ。わたくしとアレクシ様が園遊会で仲睦まじい様子を見て、あるいは耳にして。アレクシ様に蛮行を働いたのではございませんか?」

アレクシ様はちょっと口籠もってから答えられます。

「……そうであるとして、やはりそれは君の責任ではないよ」

ふふ、お優しい。

血のついた布を始末したセンニが声をかけます。

「旦那様、奥様。夕飯はお出ししても宜しいでしょうか」

「ああ、頼む」

「ところで今日のスープは東方風の辛味のあるもので、付け合わせの果物がオレンジなのですが大丈夫ですかね」

アレクシ様の顔から表情が落ちました。

辛くて熱いスープをふうふうと冷ましながら、左唇の切れた箇所に当たらないように頭を傾けながら食事をなさいます。

「明日からは刺激の少ないもの、食べやすいものに致しましょう」

「……頼む」

食後、片付けはセンニに任せて、わたくしはお茶を淹れてアレクシ様と向かい合いお尋ねします。

「アレクシ様のご研究についてお伺いしたいのですが」

「うん」

アレクシ様はお茶を飲もうとして痛かったのか、一度机の上にカップを戻されました。

「お勤めの研究所では、まだアレクシ様の研究を行っておられないのでしょうか」

夜、わたくしが横になった後、アレクシ様がごそごそと起き出して、少しずつ作業を進めているのは存じております。

わたくしも昼にその内容を確認して整理していますし。

「ああ、未だに上が開発の許可を出さないからな」

アレクシ様は頷かれました。わたくしは続けて問います。

「上司の方々はアレクシ様の私的な研究についてはご存じなのでしょうか」

「どうかな……研究所の方で開発を進めるために発表したことはあるけど、どうせ碌に聞かれてはいないし忘れてるかもな」

アレクシ様の眉根が寄り、渋い表情をなさいました。

過去の発表で散々だったとでも思い起こされたのでしょうか。

「発表したということは、彼らの手元にアレクシ様の研究内容があるということでしょうか？」

「あいつらが保管しているかもわからないが、あいつらを信用していないからな。発表のものにはわざと穴を作っておいた」

アレクシ様は自嘲するように笑われ、言葉を続けます。

「発表の際に不備を理解して突っ込んでくるようならそこを補完する情報をちゃんと渡したが、誰も尋ねてはこなかった。気づかない馬鹿共なのか、平民の話など聞いてもいないのか」

「それは幸いですわ」

「幸い……？　ああ、あなたは俺に研究所を辞めさせようとしているのか」

アレクシ様が気づかれ、わたくしは笑みを浮かべて頷きます。

「はい、いつかはそうしていただきたいと思っております。アレクシ様が研究を完成させたとして、あなたの上司や貴族たちがその成果を奪おうとするでしょうから」

「……それは理解できる。いつかは、とは？」

「アレクシ様の研究が一部でも形になる頃に……でしょうか。仕事をお辞めになれば、その情報はすぐにでもエリアス殿下のところに行くでしょうから」

「なんらかの横槍が入るかも……か」

「今、ご研究はどのようなご進捗《しんちょく》でしょうか？」

「そうだな……」

アレクシ様によると人工魔石の作成には大きく分けて二つの研究を完成させねばならないとのこと。一つは周辺の環境から魔素を集積する技術、もう一つは高濃度の魔素を結晶化する技術。

「どちらが難しいでしょうか？」

「一概に言うのは難しい。これは相互に関連しているものだからだ。あー説明するのは難しいが……分かるだろうか」

「王都の大気中の魔素を一としたとき、それを機械の中で二に集積するのは平易だが十にするのは難しい。千の魔素を結晶化するのは難しいが百万の魔素を結晶化するのは平易。そういうことでしょうか」

アレクシ様は驚きを顔に浮かべます。

「なぜ分かるんだ」

ふふふ、わたくしは笑みを浮かべます。

「わたくしアレクシ様の研究内容を拝見し、纏めていますもの」

「それだけで理解できるのだから、研究所のやつらよりよっぽど優秀だよ……」

アレクシ様が不満を口にし、わたくしはお茶を口にしつつ少し考えます。

彼がどう研究すれば早く完成するか。それには研究所を辞めさせることが必要です。つまり、研究所で他の研究に駆り出されていてご自身の研究ができず、しかもこうして暴行を受けているとなれば百害あって一利もありません。

ちょっと言い過ぎですか。多少の利はあっても研究は阻害されている。

ではどうやったら早くお辞めになることができるのか。

おそらくはこう。

「アレクシ様。結晶化の研究を優先し、試作願えますか？　かかる金額については必要な機材など言っていただければ、こちらで後援者と交渉いたしますので」

「結晶化を優先か……。わかった、やってみよう」

それから数日をかけてアレクシ様は設計図を幾度も描き、そこに必要と考えられる素材の名前や分量を記入していきます。

特に構造の中核を成すのであろう部分については試すべき素材がいくつも列挙されました。

「なるほど……」

わたくしはそれを見て呟きます。

「どうしました？」

「いえ、どうしてアレクシ様が冷遇されていても個人ではなく研究所で開発しようとしていたのか分かりましたわ」

洋燈の明かりの下、机に向かうアレクシ様はペンを動かしつつ笑われます。

「高いものでしょう」

「ええ。でも考えてみれば当然のことではあるのですよね」

列挙されていたのはダンジョン深くの土壌や魔獣、それも高位の魔獣の体組織など。

つまり、魔石ができる環境のものです。

それは入手が困難であるほど世の中に出回る量が少なく、とても高価なものです。例えば竜の頭であればその剝製はペリクネン公爵家のエントランスホールに飾ってあるようなものですし、鷲頭獅子の風切り羽であれば貴族夫人の持つ扇に使われるようなものですから。

「本当はこれらのものから魔石の精製の過程を研究し、より安価な手段を発見しなければならない。だけど急いで結晶化装置を作成しろというのであればこれらの素材を直接使用すれば簡単に構築できるだろう。……理論上は」

アレクシ様は研究に関しては饒舌《じょうぜつ》で自信があるように見えます。

「それはなによりですわ」

アレクシ様はお仕事を終えた後に熱心にご自身の研究を行われます。

わたくしはアレクシ様が研究所へ行っている間に買い物を頼むための用人を雇いました。

と言ってもセンニの弟さんなのですが。日常の食材やアレクシ様の必要とする素材の中でも安価なものの買い物を頼みます。

そして高価なものや伝手の必要なものに関してはわたくしが自ら求めに赴きます。

ただ、ヒルッカやヤーコブなどわたくしが公爵令嬢だった頃の使用人たちが手伝いに来てくれた時に限られますが。いつか彼らにもその厚意に返すべき対価が用意できると良いのですけど。

そんなある夜のことです。


「今日から彼女たちがお前たちの母と、妹となる」

父の声が王都邸のエントランスホールに響きました。

……夢だと分かる夢があります。

これもそう。今から四年前の出来事の夢です。

一瞬俯いたわたくしの視線に映るのはまだ凹凸も少なく小柄な自分の身体を包む漆黒のドレス、隣に立つのは同じく黒を纏う幼きユルレミ。

そしてその向かいに立つのは弔問客としてあり得ぬ派手な羽飾りのドレスを着た女性と、ふわふわで色とりどりのリボンが沢山ついたドレスの少女。

「お姉さま、お兄さま！　あたしマルヤーナって言います！　よろしくね！」

わたくしたちよりもさらに幼い彼女は元気よくそう言い放ちました。

ユルレミの手が白くなるほど握り締められています。わたくしも衝撃を受けました。

「マルヤーナさん……」

「はいっ！」

「おいくつですか？」

「九歳です！」

くらり、と意識が遠のきかけます。もちろん天真爛漫として可愛らしい少女であるとは思います。ですが、これを公爵家に迎える？

わたくしやユルレミが五歳の時よりも無様な挨拶と受け答えをする彼女を？

「そちらの、女性と、再婚なさる。そういうことですか？」

ユルレミが途切れがちな声で問います。

「そうだ」

父が答えました。ユルレミの視線がマルヤーナさんに向きます。

「そのしょ……っ」

わたくしはユルレミの手を握りました。彼がこちらに視線を送り、わたくしがそっと首を横に振ったのを見て口ごもりました。

彼の言いたい言葉はこうでしょう。「その少女は連れ子なのか、父の子なのか」と。

聞かずとも分かります。父に良く似た栗色の髪と榛の瞳。

王侯貴族の殿方は外に愛人を囲うもので、それは当然のこと。そう女家庭教師に教わりました。

父に愛人がいることは不思議なことではないでしょう。

父と母は高位貴族としては当然の純然たる政略結婚で、普段から言葉を交わしている様子すら見ることは稀でしたし、特にここ数年の母は病床に寝込むことも多かったですから。

ユルレミの拳がわたくしの手の中で怒りに、悲しみに震えています。

彼に暴言を吐かせるわけにはいかない。彼がペリクネンの次代として立ってもらうために。当然ですわ、他に男の子がいないとは限らないでしょう?

わたくしは彼の頭を抱きしめて、言い放ちます。

「まだ母が亡くなった喪もあけぬうちに、それらを屋敷に連れてくる神経がわかりませんわね」

――ばしん。

わたくしの頬に衝撃が走りました。


わたくしは溜め息をつき、ベッドから身を起こしました。

夢だとわかっているのに、いつもここまで目が醒めないのです。

部屋の隅、衝立の向こうから洋燈の光が漏れ出して、その向こうでペン先が紙を擦る音が闇に溶けていきます。アレクシ様、まだ起きていらっしゃるのですね。

わたくしはベッドから下りて部屋履きに足を通します。がさごそとした音が聞こえたか、アレクシ様が衝立の陰から顔を覗かせました。

「……眠れないのかい?」

「いえ、目が覚めてしまって」

アレクシ様は気まずそうな表情をなさいます。

「起こしてしまったか?」

「いいえ、そうではありませんわ」

わたくしは彼の元へ。

アレクシ様は小さな机の上に置かれた、作りかけの装置を慎重な手つきで退かします。そして自分が机の上に座り、わたくしに椅子を勧めてくださいました。

「お邪魔してしまいましたわね。ありがとうございます」

「いや、構わんさ。もうすぐ終えるところだったし。それで？」

「ちょっと夢見が悪かったくらいですわ」

夏の夜です。王都は決して暑くて過ごしづらい土地という訳ではありませんが、あんな夢を見たのはやはり寝苦しかったのでしょうか。

アレクシ様の視線が揺れました。聞いた方が良いのか、聞かぬ方が良いのかと。

「少しお話ししてもよろしいでしょうか？」

「あ、ああ」

わたくしからそう言えば、少しほっとしたように頷かれます。

「昔の夢を見ていたのです」

わたくしは先ほど見た夢の内容について話しました。

アレクシ様が顔を押さえるようにして呻きました。

「辛い想いをしてきたのだね」

「貴族家では良くあること、ですわ」

わたくしが緩く首を横に振れば、彼はわたくしの手を握り、強く首を横に振ります。

「良くあることであろうとなんであろうと。その時の貴女たちが傷ついたことは変わらないだろう。

月並みな言葉しか言えないけど、辛かったね、頑張ったね。そう言わせてくれ」

もう、口元がむずむずしてしまいますわ。

「しかしマルヤーナさんか。以前会ったようなことを言っていたが……」

そうですわね。前に後援者探しをしていた時に会ったのでした。その日はアレクシ様は同行していなかったので、会ったということだけは伝えてあったのです。

「マルヤーナ。あれも可哀想な子ではあるのです」

「可哀想……か」

あの四年前の日にわたくしが言ったように、母が亡くなった喪もまだあけぬうちに、父が彼女たちを屋敷に連れてくる神経がわからなかった。

でも今になって考えれば分かります。

「そもそも父はわたくしの代わりにマルヤーナ・ペリクネンを新たな王太子妃として立てる予定だったのでしょう。イーナ・マデトヤ嬢ではなくね」

アレクシ様が息を呑みました。

当然のことです。わざわざ養子をとってそれを王妃とするよりは、愛人との間に生まれた実子を王妃としたいはずでしょうから。

だから早くマルヤーナを家に置きたかったのでしょう。

「なぜヴィルヘルミーナ、貴女ではダメだった?」

「わたくし、その頃にはもうエリアス殿下と不仲でしたから。ですから父はわたくしではなく、マルヤーナを妃に当てがうつもりだったのでしょうね。あるいはわたくしを妃としたままで、寵愛をマルヤーナに向けさせるつもりだったのか」

わたくしが王太子殿下と不仲となったのはいつの頃からだったのか。決定的に関係が破局へと進んだのは殿下とイーナ・マデトヤ嬢が会ってからですが、それ以前から不仲であったのです。

エリアス殿下と最初に顔を合わせたのは五歳ごろであったかと思いますが、それから婚約するあたりまでの数年間、彼は小さな紳士であり、おままごとのようなものではありましたが良好な関係を築いていたはずなのです。

いつの間にか邪険な態度を取られるようになり、賢しらであると非難され、交流の回数が減り……。

父はわたくしとエリアス殿下との仲を最初は心配し、助言などしていましたが、だんだんとその回数も減っていきました。それは、既に別の一手へと向かっていたから。そう考えると説明がつきます。

「しかしマルヤーナさんとエリアス殿下は上手くいかなかった？」

そう……でしょうね。

「殿下はわたくしのような賢しらな女を既に嫌ってしまっていた。今はどうかはしりませんが、殿下は弟妹には優しかったのです。そして公務のはじまりのような時期であり、そこで子供たちと触れ合う機会も多かったのですわ」

「そうなのか？」

「王妃殿下主催で子供たちを集めたお茶会であるとか、教会の聖歌少年団への声がけとか、孤児院の視察とかですわね」

わたくしが指折り数え上げるように言えば、アレクシ様がなるほどと頷かれました。

「そこでも歳下に優しかったように思います。それで父は歳下のマルヤーナを殿下に近づけたのでしょうが……」

「それは上手くいかなかった」

わたくしは頷きます。そういうことですわね。

「マルヤーナも可愛い少女ですが、良く言えば天真爛漫で快活です。まあ、悪く言えば常識知らずで我儘《わがまま》なんですけども。父の見立て違いか、殿下の好みはそうではなくてイーナ嬢のようにどちらかというとおっとりと夢見がちなタイプだったのでしょうね」

アレクシ様が唸ります。

「つまりマルヤーナさんが可哀想とは……彼女はもうその役目がない？」

「そうですわ。公爵家に呼ばれて、おそらく数度王太子殿下と会っていますが、それでもう終わり。賢しらにならぬよう、碌な教育も施されずに。公爵家で金を与えられ豪遊できているので、平民から見れば羨むものかもしれませんけど、……彼女に未来はありませんわ」

ふああ、と欠伸が出ます。わたくしは口元を押さえました。

「眠りますか？」

アレクシ様が問い、わたくしは頷きます。

「そうですね、お話ししていたら眠気が出てきましたわ」

「はい」

アレクシ様が手を差し出しました。わたくしの手を取ると立ち上がり、ベッドへと導きます。あらあらあら。まさかついに同衾なさるのかしら!?

しかし彼はわたくしがベッドに横たわると、彼はベッドに腰掛けてわたくしの身体にきっちりと布団を掛けてきたのです。

「わたくし、子供ではなくってよ?」

「ああ、失礼。孤児院にいた時の習慣でつい」

「……習慣?」

光源から離れたため、彼の顔は見えません。輪郭が闇に浮かび上がるだけ。でもわたくしが問えば、彼が苦笑いをした気配がしました。

「悲しい夢で起きてきたのがいれば、再び眠るまで院長や年長者が手を握ってやるという、ただそれだけで」

孤児院、親を亡くした子、親に捨てられた子。悲しき夢を見る者がいるのは当然ではありませんか。

アレクシ様の手から力が抜け、わたくしから離れようとします。わたくしはその手を握り捕まえました。

「ヴィルヘルミーナ?」

「おやすみなさいませ、アレクシ様」

「おやすみ、良い夢を」

◇◇◇

そして一月ほどの時間が経ち……。

「……できた」

ある夜、アレクシ様がそう仰いました。口調は落ち着いたものですが、口元に隠しきれない喜びを浮かべて。

彼の前にあるのは底が平たく口の狭いガラス瓶。三角フラスコというそうですが、その中にさくらんぼのように先端が丸い球状の物体が金属の紐に吊るされているような構造です。口の部分はゴムのような素材で塞がれ、その紐の逆端が出ていました。

「簡易ではあるけど、この構造物が高濃度魔素結晶化装置だ」

わたくしはぱちぱちと熱心に手を叩きました。センニもその価値がわからないなりに部屋の隅で手を叩きます。見た目も簡素ですし、その名前から何ができるかわからないでしょうからしかたないことですが。

アレクシ様は照れ臭そうに笑われました。

拍手を終えると、彼は外に出ている紐のような部分を摑んで説明してくださいます。

「本当はこの端子に大気中魔素集積装置を接続することで高濃度の魔力をこちらに送り込む。そういった構想なのですが、そちらはまだです」

「承知しています。ですが素晴らしい、これは世界を変える素晴らしい発明ですわ！」

わたくしの賞賛にアレクシ様は困惑した表情を浮かべます。

「良いのか？　結晶化装置だけあっても魔素の集積ができないのであれば、それは機能しない。つまりこれがちゃんと完成しているのかも分からないから、後援者にも説明がつかないのでは？」

もちろん理論上はこれで稼動するが。アレクシ様はそう続けました。

アレクシ様が仰るのも当然のこと。ですがわたくしのような人間にとって、これは完璧な完成品のはずなのです。

わたくしは結晶化装置の正面に立ち、アレクシ様の手を取ります。そうしてにこりと微笑みながら彼の手の中から紐の端を抜き取りました。

「こうするのです」

アレクシ様が首を傾げます。

「……あっ！」

少ししてセンニが声を上げました。

「はっ!?」

センニの視線の先を追って、アレクシ様も驚愕の声を上げます。

結晶化装置のフラスコの中に浮いている球が鈍く光り輝いているからです。

「どうやって！　どうやって起動させているというんだ！」

アレクシ様は驚きのあまりわたくしに摑みかかろうとして、思いとどまったのか固まりました。手を中途半端に挙げた状態でわたくしに問いかけます。

「簡単なことですわ。わたくしが魔力を流してますの」

鈍く輝く球の光が斑《まだ》らになりました。球の表面に薄く霜が降りるように結晶ができつつあります。

「え、いや。ヴィルヘルミーナ、あなたは魔術師なのか……？」

「いいえ」

わたくしは首を横に振ります。

「わたくしは一切魔術は使えませんし、魔術の勉強をしたこともありませんわ」

「だが、そこらの冒険者や魔術塔の下級魔術師程度ではこれを結晶化するのに必要な魔素の量は賄えない筈だ！」

アレクシ様がハッとした表情をなさいました。

「かつてわたくしはアレクシ様にお伝えしました。『貴族たちは美しき者同士を掛け合わせてより美しき次代を産み育てている側面がある』と。それは何も美についてのみだけではないのです」

「魔力も……」

「わたくし、魔力量だけなら王国でも十指に入る程度にはありますのよ」

カラン、と乾いた音がしました。

フラスコの底に小さな、わたくしの小指の先よりも小さな魔石。淡い水色の光を放つ水晶の欠片にも似た石が転がり落ちました。

わたくしは微笑みながら紐から手を離し、アレクシ様がわたくしに摑みかかろうとして中途半端に挙げられたままの手を摑みます。

「ふふ。アレクシ様、研究成功おめでとうございます」

アレクシ様は呆然とわたくしと手を取り合います。

「さあ、ちゃんと魔石かどうかを調べませんと」

「そ、そうだな！」

アレクシ様は手を離すと、いそいそと装置の前に向かいます。慎重な手つきで蓋《ふた》を開け、広げた黒い布の上に取り出した欠片を置きます。

そして検査器を近づけたり天秤にのせて重さを計測したりします。

「魔力反応あり……色はほぼ透明、無属性魔石……重さは0.3ｇ……」

アレクシ様は頷かれました。

「魔石だ。完全に魔石だ」

「素晴らしいですわ。拝見しても？」

「もちろんだ」

わたくしはアレクシ様と場所を交代し、実験用の手袋をお借りしてから魔石を摘み上げて視線の高さに持ち上げ、ルーペで覗き込みました。

親指と人差し指の間で、洋燈の光を浴びて虹色に煌めいています。

「0.3gということは1.5カラット。カッティングすると1カラット程度でしょうか。色はほぼ無色《ニアカラーレス》で僅かな青みあり。無属性魔石ですが、おそらくはわたくし個人の魔力特性で水属性寄りなのでしょう」

　魔力は、あるいは魔石は基本的に属性というものを帯びています。

　火吹き竜であれば火の属性との親和性が高く、鷲頭獅子であれば風との親和性が高くなります。

　ダンジョンを掘って産出される様なものはだいたいが土の属性になりますわ。

　わたくしは母方の先祖に水属性の魔術師がいる関係で、水属性の傾向を有すると知っています。

　属性の色の薄いものなので、アレクシ様は無属性とおっしゃいました。場所を選ばず使えるでしょうけど、火の魔道具、例えば魔石の竈や洋燈には使わない方が良いかもしれませんね。

「しかし、……この品質は素晴らしい」

　わたくしは感嘆の溜め息を漏らしました。

「何がだい？」

「魔獣の体内やダンジョンではなく、ここで作っているので当然なのかもしれませんが、今見ている限り内包物《インクルージョン》が無いのです。素人目ですが最低でもごくごく僅か《VVS》より上質、もしかしたら完璧《フローレス》なのかもしれませんわ」

　センニがほえーとよく分かっていなそうな声を上げます。

「つまりこれ一つであなたの一年分の給金が賄えますよ」

「えええっ！　……あいたっ！」

センニが驚いて仰け反って壁に頭をぶつけ、アレクシ様と共に笑いました。

「まあ、実際に使ってみないと分からないけどな。しかしヴィルヘルミーナは俺より詳しいね。VVSと言われても分からないのだが」

「貴族令嬢ともあれば石には詳しいものですわ。特にわたくしは魔石の産地で育っておりますから。VVSはヴェリーヴェリースライトリーインクルーデッドの略で、石の中に汚れや傷、不純物がほとんど無いという意味ですの」

ふむふむとアレクシ様とセンニが頷きます。

「フローレスは全くの無傷という意味で、これを最上位にVVSはその次のランクで高品質の石を表す言葉。魔道具に使えば安定した動力を供給できますが、この品質だと宝飾品も兼ねた魔法の指輪や首飾りとして使うようなものですわ」

わたくしは魔石を布の上に戻します。

これは思ったよりも素晴らしい武器になる。そして思ったよりもずっと早く。

アレクシ様が手を差し出されました。わたくしはそれを握り返します。エスコートとは違った力強さ。彼の興奮が伝わるかのようです。

手を取られて立ちあがろうとし、ふらりと身体が傾きました。

アレクシ様が慌てて抱き止めます。

「どうした！　大丈夫か？」

「ああ、失礼いたしました。久しぶりに魔力を急に使いましたので」

アレクシ様がわたくしを抱きかかえてそっと椅子に戻します。

「……それは大丈夫なのか?」

「ええ、そうですね。今は急に魔力を動かしすぎましたわ。次からは慣れるでしょうし、もうちょっとゆっくりと行うようにします」

「次?」

アレクシ様が問いかけ、わたくしは頷きます。

「魔力の自然回復量を考えると一日一個くらいでしょうかね」

「一日一個!?」

センニが叫びます。

「あたしの年収を毎日!? ……あいた!」

驚いたセンニがまた壁に頭をぶつけました。

「毎日はやめてくれ。身体が心配だ」

「ふふ、では一日おきにいたしましょうか。アレクシ様がお仕事に行っている間にゆっくりと魔力を込めるようにいたしますわ」

「ああ、そうしてくれ。センニ、ヴィルヘルミーナが装置に触っているときと、その後は必ず見張っていてくれ」

「はい!」

センニはにこにこと笑いながら返事をし、そうだ。と呟くといそいそと屈み込み、床下の収納に手を入れました。

「その何とかの完成をお祝いされますか?」

「高濃度魔素結晶化装置な」

彼女が取り出したのは葡萄酒のボトル。こういうこともあろうかと買っておいたちょっと良いものです。

ワイングラスなどという洒落たものはないですが、センニが酒盃《ゴブレット》に緋色の液体を注いでいきます。

わたくしは彼女にも酒盃を持たせました。

「あたしもいいんですか?」

「もちろんよ」

杯が行き渡ったところで、アレクシ様が咳払いを一つ。

「えーと、では高濃度魔素結晶化装置一号機の完成を祝って」

「魔素結晶化装置ってなんかそのままですよね」

センニが言います。ふふ、確かに。

わたくしも頷くとアレクシ様が困惑されます。

「ええっ!?」

「何かないんですか。可愛い名前」

センニの言葉にアレクシ様が杯を手に考えます。

「可愛い? えー……ミーナ一号?」

「やだ、旦那様、最高!」

そう言ってセンニがケラケラと笑い出します。え、ミーナ……ですか?

「アレクシ様の名前じゃなくてわたくし?」

「……君がいなくては完成しなかったから。嫌か?」

「奥様を愛称で呼べないのに、道具につけちゃうの最高!」

センニがアレクシ様の肩をばしばしと叩きます。アレクシ様の顔が赤くなりました。

ふふふ。

「アレクシ様が、わたくしをそう呼んでくださるならその名で良いですわ」

アレクシ様は顔を手で覆い、しばらく固まります。そしてゆっくりと、確かめるように仰いました。

「ミーナ」

そして杯が重なり合いました。

完成を祝った翌朝のことです。寝起きのアレクシ様に声を掛けられました。

「おはよう、ヴィルヘルミーナ」

「ふふ、ミーナですわよ」

食事の用意をしているセンニが笑います。

「おはよう……み、ミーナ」

「はい、おはようございます。レクシー」

「ん!? ん、ああ」

彼は顔を赤らめながら洗面所に顔を洗いに向かいました。センニが楽しそうに笑い続けます。

ええ、アレクシ様をレクシーと呼ぶことにいたしましたの。

昨日のお祝いの最中に、互いにレクシー、ミーナと呼び合うことにしたのです。いや、させたのですといった方が正確かしら。

まあレクシーも喜んでいると思いますので良いとしましょう。

食事を終えてレクシーが研究所へ向かうと、センニが言いました。

「新婚というより、付き合い始めたばかりのカップルって感じですね」

「アレクシ様、レクシーとは出会ったその日に結婚でしたからね。王侯貴族の結婚ではままあることですが、それとて相手のことは調べるものですし、手紙や贈り物をし合うくらいはしますから」

互いに初対面でどちらも好意を抱かず、生まれも育ちもまるで違ったことを考えれば、ここまで関係が前向きに進んだのは好ましいところでしょう。

「次は夜のお相手ですか?」

センニが楽しそうですが、この家だとどう考えても音が筒抜けなのが気になるところですわね。

「その前にキスくらいからでしょう」

「旦那様に男を見せて欲しいですね!」

「気長に待つといたしましょう」

わたくしは机に向かいます。久しぶりに魔力を使いましたし、今後も使う予定ですので体調管理はレポートにつけておきます。今朝のところは異常なし。

鑑定の魔道具でもあれば魔力容量の減りと回復が正確に測定できるのですけどね。それこそ平民の手の届くようなものではないでしょうし。

魔石の鑑定もそうですわね。鑑定士に見てもらいたいところ。できたのが屑魔石、いわゆる燃料に使われるものができたのであれば、実際に使用してみるのが早いのですが、宝飾品にできる可能性のある質のものがいきなりできてしまいましたからね。

魔石は宝飾品であり、燃料でもあります。産出量が多いのでいわゆるダイヤやサファイア、エメラルドといった宝石などより価格は落ちますが、それでもこの純度なら充分に価値あるものですから。

こうして、わたくしが魔石を生産することとなってからおよそひと月。

レクシーはミーナ二号、三号と試作を重ねていきます。中には全く魔石が作れないもの、屑魔石しかできないもの、すぐに壊れてしまうものなどもありますが、失敗からもその理由を考察され、より魔力効率のすぐれたもの、構造が堅牢なものへと改良されていきます。

「……これは素晴らしいものができましたね」

「ああ」

レクシーは頷き、センニが息を呑みます。わたくしが手を翳《かざ》しているのはミーナ十二号。そこから作られた魔石は今までよりも明らかに大ぶりのもの。それだけ魔力の変換効率が素晴らしいのでしょう。

レクシーが取り出したそれを計測し、わたくしに手渡します。親指の爪ほどの球体。

「今までで一番良かった九号をベースに、仕上げはスライムコーティングでしたか。わたくしの僅かな水属性の影響を反映した薄い青《ペイルブルー》。およそあらゆる魔道具に適合する最高の逸品かと。本体はいかがですか？」

「破損なし、再使用も可能だと思う」

センニから宝石箱を受け取ります。蓋を開ければ無数の煌めき。箱の中には大小様々な魔石が納められています。

わたくしが微笑むとレクシーは頷きました。

「魔素結晶化装置、ミーナシリーズは一旦これを以て完成として良いと思う」

わたくしは魔石の入ったケースを掲げます。

「初期資本もできました。計画を次の段階に進めましょうか」

アレクシ様は両の拳を天に突き上げました。

「俺は！　研究所を！　やめるぞ！」

俺は翌朝、研究所に向かい、トビアス上長のデスクの前まで歩む。

「上長」

「なんだね、ペルトラ君」

俺はデスクに辞表を置き、彼に向けて差し出した。彼の目が眇《すが》められる。

「……何のつもりだ」

「今日を以てこの研究所を辞めさせていただきます」

「はあ!?　そんな勝手が通るとでも?」

ざわつく事務所、俺はそれを無視して言葉を続ける。

「あなたはかつて俺にこう言った。俺が研究で成果を出せば、やりたい研究に予算と人員を出すと。だが現状はどうだ。俺は他の研究室の助手ばかりさせられている」

「勲章を得たくらいで偉ぶってるんじゃないぞ!」

「ええ、ですが約束を守らない上司の下で働いても得るものはない」

返答がない。俺が離れようとすると、上長は落ち着かせるように手を差し出した。

「ま、待て。今ペルトラ君の提案を精査して、審議にかけているのだ。何も君のしたい研究を蔑ろにしようとしているのではない!」

「俺の研究したいテーマを言ってみてください」

ぐっ、とくぐもった声を出してトビアス上長は押し黙った。

「ちなみに先にお伝えしておきますが、奨学金の残額と、早期退職の違約金はここに来る前に事務局で支払いを済ませました」

孤児だった俺が高等教育を受けるのには国の機関で働くことを前提とした奨学金に頼るしかなか

った。こちらの都合で退職するには高額の違約金を支払わねばならない。

だが、これに関しては後援者のクレメッティ氏にも許可をいただいている。いずれ返済はさせてもらうが、まずは国の紐付きを外す必要があるということだ。

「バカな、そんな金をどうして……」

「答える義務はありません」

上長は呻くが、俺は首を横に振った。背後でガタリと同僚の男が立ち上がって叫んだ。

「おい、ペルトラ！　俺の研究のサポートはどうするんだよ！」

「主任、俺はあんたが、俺のような雑用なら鶏でもできる、いつ辞めてもらっても構わないと言っていたのを何度も聞いている。そのいつかが今日なだけだ」

「無責任だ！」

「それではお詫びに主任の研究室に鶏を一羽寄贈させていただきましょう。……ではトビアス上長、おせわになりました。失礼します」


わたくしはレクシーがお勤めしている研究所、いやお勤めしていた研究所の傍に停めた馬車の中にいます。

さして時間をかけることなく戻ってきた彼と合流して王都中央銀行へ。

カタカタと車輪が石畳を打つ音を聞きながら、研究所の様子を尋ねました。

「無事、退職できましたか?」

「ああ、大丈夫だ。そうそう、鶏を一羽贈ってやることになってね……」

鶏?

なるほど、退職の際のやり取りを伺いましたが、特に問題にはならないでしょう。

どうせもうそちらには行かれないのですからね。

王都中央銀行のクレメッティ氏と面会します。

「ご機嫌よう、クレメッティさん」

「ご機嫌よう、ペルトラ夫妻。お二人の顔色からうかがうに、研究が上手くいったのですかな?」

なるほど、分かりますか。

わたくしはあまり顔色に出さないのですが、ちらりと横を見ればレクシーが自信ありげです。これはレクシーの成長とも言えましょうが、確かに研究がうまくいっておらず追加の融資を頼むといった様子には見えないでしょう。

レクシーが口を開きます。

「研究はまだまだ途上です。ですがそれであってもある種の成果として得られたものがありましたので、後援者であるクレメッティ氏にはご報告をと」

レクシーがわたくしに目配せをし、わたくしは手にした小振りな鞄から宝石ケースをマホガニーの机に置き、滑らせるように前へ。

「お確かめください」

クレメッティ氏は手を伸ばし、それを受け取ります。

「では失礼して……っ！」

蓋を開けた彼の顔が驚愕に染まり、動きが固まりました。

ええ、まさか魔石が宝石ケースの中にぎっしり詰まっているとは思わないでしょう。それも1カラット以上の大粒かつ上質のものがたくさんありますからね。

レクシーと微笑みを交わします。

「い、いや……驚きました。融資してからこれほどの短期間でここまでのものが作れるとは……。特にこの中央の三つ、これほどのサイズのものは私でもそうは目にする機会がない大きさです」

白手袋をされた手でそっと持ち上げられます。

ミーナ十二号でつくったものですわね。

「クレメッティ氏。俺……わたしたちは鉱山を有しているわけではない。だからそこにある魔石は大きさがまちまちな順で産出したというわけではないのです」

「ほう」

「今持っているもの、そして同じ大きさの二つ、それらがこの一週間で作られたということです」

再びクレメッティ氏の顔が驚愕に染まりました。

「……まさか」

「ええ、そのサイズでその質の魔石を安定供給できる見通しが立ったということです」

クレメッティ氏は天を仰ぎました。

「なんてことだ。いや……素晴らしい。おめでとうございます」

クレメッティ氏が手を差し出し、レクシーと握手します。

その後で実際にどのように作っているか実演して見せました。レクシーの手の中に、四つ目の大粒の魔石が転がります。

わたくしは言います。

「これらの魔石をお預けします。価格に関してはお任せ致しますが、できるだけ値崩れはさせませぬよう。また多くの商家を交える、国外へ輸出するなどをして、魔石の流通経路を悟られませぬようお願いしとう存じますわ」

「いつかはバレてしまいますが」

「ええ、もちろんです。できるだけそれを先送りしていただきたい。ああ、王家に売る場合は値段をふっかけてくださいまし」

「ペルトラ夫人は王家を恨んでおいでで？」

「わたくしが昏い情熱を燃やすのはエリアス王太子であり、王家そのものや陛下に恨みはございません。ですが、当然隔意はできてしまいますわよね」

「王家の打倒を考えておられますか？」

「いいえ、全く。わたくしたちはまだ、ちょっと力を得ただけの鼠に過ぎませんわ。獅子を倒すことを考えるようなモノではありませんわ」

「……少し、安心いたしました」

ただ、この武器をいずれは致命の刃といたしますけどね。

「さて、クレメッティさん」

「なんですかな」

「後援者としてのご協力感謝いたしますわ」

「というと、融資した金額は返済されるということですかな」

「先ほどの魔石で一度清算していただいて構いませんわ。その上で問いましょう」

レクシーに視線をやります。彼は頷き、身を乗り出して言葉を継ぎました。

「わたしたちはアレクシ・アンド・ヴィルヘルミーナ・カンパニー。A&V社を立ち上げます。事業内容は人工魔石の製造及び販売。さあ、王都中央銀行頭取のクレメッティ氏、この企業に投資なさいませんか?」

クレメッティ氏は鮫のような笑みを浮かべました。

「なるほど、この短期間で庇護されるものから対等に持っていこうとしますか。悪くない、ええ、とても興味深いですね」

クレメッティ氏から投資のための条件として提示されたのは、わたくしに頼らぬ生産体制の確立。もちろんわたくしが魔石の生産に携わるのは当然です。ですがそれだけでは、もしわたくしに何かあった時に生産が止まってしまう。それでは会社として認められないと。

生産を倍にしろ、つまりわたくしが居なくとも同量の魔石生産ができるようになれば投資をすると伝えられました。

当然の判断でしょう。むしろ条件を満たせば投資すると約束をいただけたのですから、破格の待遇とすら言えるでしょう。

こうしてわたくしたちは家へと戻ったのです。

「魔石の生産量を倍にしろとは軽く言ってくれるものだ。どうしようか」

「そうですわね……」

一番簡単なのは、今二日に一度わたくしが作っている魔石を毎日生産することですが、求められているのはそういうことではありません。

また、魔素集積装置の方をレクシーに開発してもらうことで安定供給を図るのが最終的な目標ですが、現状行うべきはそれまでの繋ぎです。

「なるほど」

わたくしはレクシーに説明していき、彼も頷きます。

生産量を倍増、あるいはさらに増やすこと、それだけを考えるなら極めて容易なのです。

わたくしと同等の魔力量を有する者を雇えば良い。

ただし、それは王宮魔術師や高位の冒険者などであり、仮に雇おうとすれば多額の報酬が必要となるでしょう。

それよりも魔力量が少ない者を多く雇う。ですが人数が増えればわたくしたちのやっていることも露見しやすくなる。

そのあたりを考えるのが難しいところですわね。

「レクシー、まずあなたに頼みたいのはミーナ十二号の増産です。これは現在あなたにしかできないことですから」

「ああ、そうだな。任せてくれ」

「わたくしは計画のために人員と土地を確保していきましょう」


ひと月後。

王都の南部。わたくしたちの家よりは少し豊かで、中心部のように屋敷や高級店が立ち並ぶ程ではない、下町と言っても良い一角。

その商業区画の片隅にある一軒の店が賑わっています。

並んでいるのは老いも若きも、それこそ小さな子供まで。男性も女性もです。

あまりの賑わいに、商業区画の外れでありながら近くに露店が出るほど。

店、というのは相応しくないかもしれません。そこでは何も売買をしてはいないのですから。

人々が並ぶ建物の看板に書かれている文字は『A&V簡易魔力量鑑定所』。そして店頭にたなびく幟には『無料』や『あなたの魔力量おはかりします！』といった文字。

わたくしが店の裏手、従業員用の出入り口から中へと入ると、カウンターにはメイド服をベースにした制服姿の女性たちが並びます。

かつてペリクネン家でわたくし付きであった侍女やメイドたちをこちらで受付嬢として雇用した

のです。

そんなメイドの一人が、列の先頭に立つ少年に向けて声をかけました。

「先頭の方どうぞ。こんにちは、こちらははじめてですか?」

「は、はい。はじめてです!」

少年はあまり綺麗な身なりをしているという訳ではありません。貧民街に近いところからやってきたのでしょう。受付の綺麗な身なりをした女性に気後れした様子です。おずおずと前に出てきました。

「お名前と年齢、性別、ご住所をお願いします」

「えっと、住所とかも必要なんですか?」

「はい。あなたが素晴らしい魔力量を持っていたのであれば、魔術塔や学校から手紙が送られることもありますので。もし決まった住居がないのであれば、どの辺りにいけば連絡できるか伝えていただいても構いませんよ」

「家はあります。ハマス・ウィラー、十三歳、男で、南部八区のなめし革通り十二番地です」

なるほど革製品の工場は水を汚すので王都の下流側、あまり環境の良いとは言えない場所です。ですので言うのを躊躇《ちゅうちょ》したのでしょう。

「はい、ありがとうございます。書類を作成する間に左手の水道で手を洗って待っていてくださいね」

水場に今日は護衛のヤーコブが立っています。そこで手を洗わせている間に受付の彼女は書類と厚紙の小さなカードにペンを走らせ、それぞれに氏名、性別、年齢、住所を記載していきます。

そして隣の受付へと渡し、列に向かって声をかけました。

「次の方どうぞ！」

手を洗ったハマス少年は隣のカウンターへ。別の受付がにこやかに声をかけます。

「ハマス・ウィラーさんですね」

「はい！」

「こちらの魔力測定器の取手を握ってください。力は込めなくて大丈夫です」

彼女の前には大きな箱、そこについている取手を持たせます。

「ゆっくりと息を吸って、吐いて。人の体の中には必ず魔力があります。それをお腹の中から押し出すように取手から箱の中へ……はい、結構です」

箱の下につけられたフラスコから微かな音が鳴りました。

彼女はフラスコを取り外し、それをカウンターの裏の部屋へと持っていきます。

奥で待機している人員がそれを測定するのです。

「0.2カラット。色は緑が強め、風属性」

そう、魔力測定器とは名ばかりで、ここにあるのは高濃度魔素結晶化装置。つまりミーナ十二号です。

できる魔石の大きさと色から逆算して保有魔力量と属性を調べられるのです。

「ハマスさんには魔力が確認されました。ランクはＣ＋、属性は風です」

「魔力あるの!?」

ハマス少年は驚いた様子。

「おめでとうございます。多くの人は魔術を使えるほどではなくとも多少の魔力を有しますが、ハマスさんは少し多めです。ちゃんと勉強すれば生活魔術が、風属性ですと送風の術式などが使えるようになる可能性があります」

「ふえー」

受付嬢の隣に座る職員がカードにＣ＋と風属性の刻印をうち、それは受付嬢からハマス少年の手へ。

「こちらがハマスさんの測定結果を示すカードで、こちらは差し上げます。表には先ほど伺ったお名前や住所などが書かれていますね。裏面が今日の日付と測定結果です。Ｃ＋、風属性と記されています。次回測定時にはこちらを必ずお持ちください」

「何度来ても良いんですか？」

「はい、Ａ＆Ｖ簡易魔力量鑑定所では複数回測定することを推奨しています。これは魔力は体調によっても強さが変わりますし、魔力も成長することがあるためです。ただし、測定の間は一週間以上間を空けてください」

「わかりました。また来ます」

「記念に飴玉を配っております、こちらもどうぞ」

「やった！」

カードと飴玉を手にしてハマス少年は満面の笑みで鑑定所を後にしました。

そしてわたくしたちのもとには魔石が残るのです。


「エリアス殿下。本日のご予定でございます」

朝、侍従長が今日の余の予定を読み上げていく。

余の自室に長々と彼の声が続いていく。……くそが。

なすべき仕事や公務、予定は増える一方だ。先日の園遊会での失敗で余の方にも礼法の再教育の時間がとられるようになったのもその一因である。

「午後はイーナ嬢と国立孤児院の視察……」

イーナとは礼法の授業やこうした視察で一緒に行動することはあるが、休む時間も取れない。

以前は抗議もしたものだが、もはやその気力もおきない。

その分だけ予定が遅れ、眠る時間が遅くなるからだ。

「……イーナの教育はどうだ」

「マデトヤ嬢の教育は進みこそすれど、その歩みは亀が如しと女官長からは報告があります」

分かっている。公務として彼女を伴って出ることを許されるのは孤児院や王都近郊の農場など礼法を必要としないところばかり。

例えば外での会食は非公式、あるいはお忍びといった形式のものであり、社交シーズンの真っ只中であっても晩餐などの高位貴族も集まるような正式な場、あるいは舞踏会といった華やかな場などには出ることを禁じられている。

「どうしてだ、どうしてそんなに時間がかかる……」

余は女官たちに朝の支度をされながら呟く。

「そんなにも彼女が愚かであるというのか？　あるいは女家庭教師どもが邪魔だてしているのか？」

余の呟きは誰かに向けたものではなかったが、侍従長は答えを返した。

「マデトヤ嬢に対して好意的な感情を有している女官や教師はいないでしょうが、それでも王太子殿下の、あるいは陛下よりマデトヤ嬢の教育を命じられている以上、その教育に手抜きや邪魔をしているなどということはございません」

「では彼女が無能であると？」

侍従長は視線を外す。

「私も彼女と会話を交わしたことがございます。多少変わった御令嬢であるかとは思いますが、決して愚鈍ではありませんな」

「ではなぜだ」

「それこそが貴賤の違いにございます。平民でも功を成し、金を積めば一代で成り上がれる男爵子爵と伯爵以上の階級の間ではそもそも教育の種類も違いますれば」

余はため息をついた。

「そんなにも違うか」

「ええ。エリアス殿下の周りの女性たちは全て伯爵より上の家格の令嬢や夫人・未亡人ですよ。いま殿下の髪を梳《くしけず》っている侍女ですらそうなのです」

余がちらりと侍女を見れば、伯爵家の次女であると肯定された。

侍従長の視線から非難を感じる。言いたいことは分かっている。侍女たちが家格の低いイーナに仕えさせられていることを不満に思っているのであろう。

しかし彼はその件には言及しなかった。

「それが故に異なる礼法や言葉遣いのマデトヤ嬢が、殿下のお目に新鮮に映ったであろうことは想像に難くありませんが」

ふむ、そういった側面もあるやもしれぬな。

「それこそヴィルヘルミーナ嬢のような公爵令嬢ともあれば、自国あるいは近隣の国家の王族と婚姻する可能性があるために、生まれたその時からそうであるよう育てられているのです。マデトヤ嬢が多少物覚えが良いとて、あの才女の十五年の努力をほんの数ヶ月で追いつくというのは極めて難しいでしょうな」

余は父の言葉の真意を知った。

次代の国王夫妻として相応しくないと判断されたら破滅を招くと言っていた。つまりそう言われた段階でもう相応しくないと判断されたということだ。

だがそれを受け入れるわけにはいかない。

余はイーナの手をとったのだから。あらゆる手段を以て彼女を認めさせねば。両親に、貴族に、聖職者に、民に。

「……ヴィルヘルミーナはどうしているか報告はあるか」

「彼女の夫であるアレクシ・ペルトラ氏ですが国立研究所を退職したという報告が上がっております」

「なぜだ」

彼は勲章を授与される程度には有能な研究者であったはずだ。

「研究所の報告によると、理由は不明ですが本人から突如辞職の意思を伝えられたとのことです」

「辞職の理由は想像つくか?」

「推測にはなりますが、研究所で上司や他職員から嫌がらせを受けていたとの報告があります。少なくともそれが原因の一つではあるかと」

ふむ……。

「次の仕事は?」

「辞職前から夫人と共に王都の中心部で銀行や商家の者と面談していることがあるようですが、どこかに雇われているという報告はまだありませんな」

なるほど……いや、これは好機なのではないか?

収入を失った一家、困窮するヴィルヘルミーナを余が助けるのだ。処刑すべきところを慈悲をもって許したということとも矛盾しない。

そしてかつてあの女が余の仕事の補佐をしていたというなら、改めて余の仕事をやらせ、またイーナの礼法を補佐させれば良い！

「ヴィルヘルミーナを呼べ」

「は？」

侍従長が間抜けな声を漏らす。

「あの女を王宮に呼び寄せよ、余の仕事を補佐する栄誉をくれてやろう！」

第五章：新居と新たなトラブル

我が家の前に重厚な造りの馬車が停まり、馬車の中から煌びやかな服を身に纏い、書状を捧げ持った使者が狭い玄関の前に降り立ちました。

以前も思いましたが、よくこんな狭隘《きようあい》な道を王家の馬車で走ろうと思うものです。

近隣の住民たちが様子を見にやってきて、馬車の向こうからこちらを覗き込もうとしては、使者の護衛を務めている兵たちに追い返されています。

「王国の若獅子、暁の君たるエリアス・シピ・パトリカイネン王太子殿下のお言葉を告げる！」

使者が高らかに声を上げ、わたくしとレクシーは並んで頭を垂れました。

「英明なる王太子殿下は家長であるアレクシ・ミカ・ペルトラが国立研究所研究者の職を失ったことにより、今後の窮状《きゆうじよう》に御心を痛められ、慈悲深くも汝らに手を差し伸べんとされている。ついては、ヴィルヘルミーナ・ペルトラを王太子付き専任文官として召し上げるものである！」

わたくしは面をあげ、使者を見据えて口を開こうとしましたが、手が横に差し出され、わたくしの発言を止めました。レクシーのものです。

彼は一歩前に出て言いました。

「お断りします」

あら、レクシーが庇ってくれるだなんて。

「なんですと?」

「まず前提が間違っています。俺は研究所を解雇されたのではなく辞職したのです。我々のこの先の生活のことも見通しが立っており、殿下からの援助は不要です」

「殿下の温情を断ると申すか!」

「温情ではない、どう考えても温情ではないでしょう。俺が職を失ったことに対して援助するというなら、俺を文官……ではないな。例えば技師として雇うというなら理解できます。ですが、妻を召し上げるというのは筋が通っていませんね」

そう、おためごかしに過ぎない。王家で、あるいは貴族たちの間で殿下の立場が悪くなっているのでしょう。そしてそれを止める力が彼やマデトヤ嬢にはない。

なのでわたくしをこんな茶番で連れて行こうとしている。

「ペルトラ夫人! 貴女はまさか殿下からの命を断るとは申しませんな?」

使者がこちらへと向き直ります。

「お引き受けできかねます」

「なんですと?」

「お断りします、と申したのです」

「これは王太子殿下よりの命、勅命に準ずるのですぞ。貴女はそこの男とは違って、元は公爵令嬢と高き地位にいたのですから、その意味が分からないはずはありませんな?」

わたくしは手の甲で口元を隠し、高らかに笑って見せます。

「手を差し伸べると言いながら、断らんとすれば命であると脅しますか」

「べ、別に脅しているわけではない」

「たとえ王太子殿下の命とて、国王陛下の威光に翳す、あるいは王国を傾けるようなものであれば断らざるを得ませんわ。わたくしが忠実な臣民だとすればなおのこと」

「何?」

使者の方は疑問を浮かべられました。これが直ぐに分からぬ段階で、使者の質も知れようというもの。

「使者殿は紋章官とお見受けします」

「いかにも」

「ではお尋ねいたしますが、わたくしは何の紋章を掲げて城門を通れば良いのでしょうや?」

「ぐっ……、ペリクネン公爵家の紋章にバツを掛けてはいかがか」

盾にバツを入れるのは家門を放逐された時などに使われるやり方ですわ。とは言え、それは紋章を保有していればの話。何も持たずに公爵家を追い出されたわたくしにそのような用意があるはずもなく。

「その紋章のご用意が見当たりませんわね。それと、見ての通り当家に馬車はないのですが、もし紋章が用立てられたとして、辻馬車に紋章を掲げさせればよろしいのですか?」

「馬車くらいそちらで用意するのが当然であろう！」

当然ですとも。貴族であれば、ですけどね。

「それは先ほど仰っていた窮状に手を差し伸べるという言と矛盾いたしますわね。そもそもわたくし、平民の女であるのですが、王城勤務の文官の職はいつから女性に開かれたのでしょうか？」

使者の方の顔色が段々と悪くなっていきます。

「……いや。だが殿下が特例として」

「その特例を作れるのは陛下か、議会ですわ。そのどちらかの印の捺《お》された、わたくしを文官として登城させる許可証はございますか？」

彼はハンカチで額の汗を拭いました。待っても返事がありません。

「では無理ですわね、そう殿下にお伝えくださいまし」

使者の方は舌打ちし、踵を返そうとします。

「あ、そうそう」

わたくしは彼を呼び止めます。

「これは独り言なのですが、殿下は次はわたくしをマデトヤ嬢の侍女として雇おうとなさるかもしれませんわねえ」

「……そうかもな」

「城で貴人の世話をする侍女は、原則、親が子爵以上でないと認められませんよ。もちろん紋章官でしたらご存じとは思いますが」

「……そう伝えておこう」

「どうせお伝えするなら、子爵位と、紋章つき馬車とそもそも馬車の停められる大きさの屋敷と、城に相応しいドレスと宝石と化粧品を贈っていただけるなら、お話くらい聞いて差し上げますわ。そう殿下にお伝えくださいまし」

隣に立つレクシーは思わずといった様子で吹き出しました。

使者が帰った後、わたくしたちは家に入ります。

「まあ随分と質の劣る者を使者としたものです。あるいはそれしか動かせなかったのか」

「どういうことだ？」

「今日殿下が送ってきた使者も、そもそも策自体も稚拙ということですわ。わたくしたちを嵌めるのに万全の策を練っていたのに比べて、場当たり感が強いというか……」

レクシーが納得したように頷きます。

「結婚の時は教会まで根回しされていたしな」

「そうです。枢機卿まで引っ張り出してきた手際と同じとは思えません」

「同じではないのでは？」

ああ、献策した人物がいると？　なるほど。可能性はありますね。わたくしをよく思わない貴族など山ほどいるでしょうし。あるいはその献策は父、ペリクネン公によるものであったのかもしれません。だとしたら、その人物はなぜ今は関わっていないのか。

「ありえますわね。あるいは単純に策を練る時間がないのか両方か」

「時間がない？」

「今はわたくしが彼の仕事を代行していませんもの。それで立ち行かなくなっているからわたくしを呼び戻そうとしているのでしょう？　別にわたくしがそこまで大きな仕事をしていたとは思いませんが、陛下がお戻りになって、他にも殿下の周りから人材が離れているとか、殿下が厳しく再教育されているのかもしれませんわね」

例えばユルレミだって殿下から距離を置いているかもしれません。

「なるほど」

そもそも殿下の姿もあの園遊会を除けば社交の場で見かけない様子ですしね。マデトヤ嬢が王太子の婚約者として見せられたものではないということが主でしょうけど、エリアス殿下が王太子から降ろされることも視野に入っているのかもしれませんわ。

レクシーが溜め息を吐きます。

「それにしても随分と煽るような物言いをしていたから少々不安だった」

「心配無用ですわ。王家はわたくしたちを殺すことはできませんし、強制的に連れて行くこともできないのですよ。特に人目のあるところでは。それをしてしまうと致命的な矛盾を起こすので」

「そうか、エリアス王太子は悪女ヴィルヘルミーナに慈悲を与えた。そういう筋書きの美談としている以上、根底が覆るのか」

レクシーの理解にわたくしは頷きます。

「ともあれ、わたくしたちが魔石を作成できるようになったことに気付かれていないと分かったのは朗報ですわ」

「ああ、困窮すると言っていたからな。魔石を作っていると思っていたらそうは言わんだろう」

「センニ」

「はい、奥様」

彼女は猫のような笑みを浮かべながら地下収納に上半身を突っ込みます。

そして布に覆われた抱えるほどの巨大な瓶を取り出しました。

彼女が布を取り払うと、その中身は洋燈に照らされてビーズ細工のようにカラフルに輝く光の塊。

無数の屑魔石です。

「明日、ここを出ます。あなたも供をなさい」

「はい！」

翌日はレクシーとセンニと共に朝から家を出て、王都中央銀行へ。

アポイントを取っていたクレメッティ氏との面会に臨みます。

「随分と面白い試みをされていますな。『A&V簡易魔力量鑑定所』でしたか」

早速の彼の言葉にレクシーが笑って答えます。

「ええ、ご融資いただけたおかげもあって盛況です。とは言え鑑定所は無料ですけどね」

「面白い試みとは思います。平民から魔力保有者を探しているのでしょう？　そうして魔石作成のために囲い込む気だ。どうです、従業員候補は見つかりましたかな？」

クレメッティ氏が推測を口にされました。わたくしは答えます。

「ええ、ですがわたくしたちが何をしているのかはまだ隠すべき段階と思っておりますから、具体的な声がけはしておりませんわ。もちろん将来的には雇うことも考えておりますが」

「なるほど、長期的な視野に立たれていると」

レクシーが鞄から紙束を机の上に置かれました。

「ここに王都南部の魔力調査のリストがあります。名前、年齢、住所、魔力保有量、属性が紐付けされておよそ二万人分。興味あるのではありませんか？」

「これは……はは、確かに。金を積んででも欲しいものですが、魔術師の卵のデータを渡されたらそちらが雇用できなくなってしまうのでは？」

「そんなことはありませんわ。将来的に魔術師が増えればそれだけ魔石の需要も増えますから」

「確かに。確かにその通りですが……。流石に見ているところが先すぎるのではないでしょうか。A&V社として、まずは今の収入源の確保を優先すべきでは？」

わたくしは笑みを浮かべて指を折っていきます。

「情報を売る先はいくらでも思い付きますわ。商会、アカデミー、教会……。もちろん王都中央銀行さんにはお世話になっていますし優先的にお売りいたしますわ」

「はは、参りましたな……」

最終的には国家としての雇用統計に嚙めると良いですわね。

国民全員の魔力を調べる。まあ王太子がアレでなくなればですけど。

「そういえばクレメッティ氏は生産量を倍にしろと仰っていましたわね」

わたくしは宝石箱を差し出します。

「これは前回同様にわたくしの作ったものですわ」

拝見いたします、そう言ってクレメッティ氏は魔石の状態を確認し始めました。彼が感嘆の溜め息を漏らします。ええ、今回持ってきたもののは、前回見せたもののうち大粒の三つ全てその大きさに揃っていますから。

わたくしはその間にも言葉を続けます。

「わたくし思いますの。この大きさの魔石、こればかりが沢山あっても仕方ないなと」

「なるほど、確かにここまで規格の揃った大粒のものを大量に市場に流すのは難しいですな」

「センニ」

後ろに控えていた彼女に声をかけます。

「はいっ」

ドン、と机に布の塊が置かれました。

「失礼します！」

彼女が布を取り払いました。瓶に入った無数の屑魔石が机の上で煌めきます。

「屑魔石二万五千個ですわ、お納めくださいまし」

クレメッティ氏は啞然とされます。

「は、いや、え？　……二万五千個……まさか！」

ふふ、気づかれたみたいですわね。

「ええ、そうですわ。あれは無料鑑定の皮を被った魔石工場ですの」

「バカな……」

「生産規模は一日あたり千個程度、かつて領地の冒険者から話を伺ったことがありますが、最小の0.1カラット未満の屑魔石でも夕食と酒が飲める程度の値段で買い取ってもらえるとか。さて、ここにある石は平均０・16カラットなので合計４０００カラット分ありますけど、クレメッティさんはどの程度の価値を見出してくださるかしら」

「それは適正価格で……待ってください、これが毎月定期的に入ると？」

「この程度ではありませんわ」

「はぁ!?」

クレメッティ氏が思わずと言った様子で叫ばれます。レクシーが続けました。

「およそ二万人から二万五千個ということから分かるように、我々も複数回測定に来るべきだと伝え、実際来てくれている方もいます。子供たちには飴を配っているのもありますしね。ですが、それでも目新しさが減少すればあの会場に来られる方は減るでしょう」

「ああ、そうですよね、いずれは減って落ち着く。なるほど」

どことなくクレメッティ氏は安堵されたような声色です。

わたくしはレクシーが説明している間に資料から一枚の図を出し、クレメッティ氏に見えるように広げました。

「これは？　赤い点が大量に打たれていますが」

大量の赤い点、そして僅かに青い点が散らばっています。

「王都の地図ですわ、無料鑑定所を訪れた人の住所全てに点《プロット》を打ちましたの。青は魔術師の才があると判定した人物のいらっしゃる場所ですわ」

「住所を書かせたのはこんな情報の活用が……！」

「こちらを見て何を感じられますか？」

彼は地図をじっと見つめます。

「あなたたちの鑑定会場がこのA＆Vの文字のところですか。単純な同心円状ではなく、赤い点が多いのは商店街中心に貧民層へと広がっていますな。スラムの入り口の辺りまでというところでしょうか」

わたくしは卓上に置かれたレポートを軽く叩きます。

「その通りですわ。その辺りの考察などもこちらのレポートに纏めておりますが、まずはもっと単純なことです」

「ほう」

「ほとんどの方が王都の南側からいらしている。ただそれだけですわ」

「……まさか」

「王都の中心部、富裕層のいる場所は除いて、東西南北の四ヶ所に事務所を増やします。これが次の一手ですわ」

「日産四千個ということですか!?」

「南部はまだしばらくは多いでしょうけど、そのうち減ってくるでしょうし、南部ほど他の地区は人口密度が高くないので三千くらいでしょうかね」

いずれ二千くらいには落ち着くでしょうけどね。

「あり得ない……お待ちください。次の一手と仰いましたか」

わたくしは頷きます。

「それはそうですわ。商売とはその次、さらに次と考えねば」

クレメッティ氏が唾を飲み込まれました。喉が上下に動きます。

「何を考えていらっしゃるか伺っても？」

「王都中心部、富裕層の地区では別の施策を考えていますが、まだ動く時期ではありませんの。ただ、他に関しては簡単でしょう？」

「……近隣の街でも同じことを行う。次はさらに遠くの領地でも」

「ええ。それなりに人口の多い都市では常設、それ以外にも人の集まる祭りなどがあれば臨時で出店するなどの工夫はしたいところではありますわね」

「平民たちは魔力の鑑定を無料で受けられ、あなたたちはその裏で大量の魔石を得る。……なんと恐ろしい手腕か」

「そうでしょうか？」

わたくしは首を傾げます。

「搾取する者、例えば重税を課す王や貴族は民から嫌われるものです。ですがあなたは搾取している相手からも、無料で魔力鑑定を受けられると喜ばれているのが恐ろしいですよ」

ふふ、無料を喜ぶだなんて。こちらには無料にする利があるからこそ無料にしているというのに。

笑みを浮かべて言います。

「わたくし、単なる慈善事業には興味ありませんの」

「はは」

釣られたように乾いた笑いを返されました。

「貴族だった頃ならば高貴な務め《ノブレスオブリージュ》なんて言って慈善も行いましたけど、今のわたくしには関係ありませんものね」

その後も資料の説明をし、次の事務所を構える場所の話なども詰めていきます。

それと……。

「ご要望通りに今の事務所の近くにある屋敷を買い取っておきました」

「ありがとうございます。早速今日からそちらに居を移そうかと思っておりますの」

わたくしたちは頭を下げます。

「古い屋敷ですがかなり広いですよ？」

「使用人には当てがあるので大丈夫ですわ。不足したらお願いするかもしれませんけど、信用できる者をまずは集めたいので」

そう、ペリクネンの屋敷にいた頃の従者たちをついに呼び寄せられるのです！

「そうですな……それが良いと思います。こちらが屋敷の鍵や図面、権利書です」

「ありがとうございます」

鍵を受け取ってセンニに渡し、わたくしたちは立ち上がりました。

「ではまたお会いしましょう」

「ええ、是非。……ああ、最後にこの国中で魔力鑑定所を広めて、そうしたら次はどうされますか？」

レクシーが答えます。

「それまでに俺が大気中魔素集積装置を開発しますよ」

彼は指を天に向けて立てました。

「空気から魔石を作るのです」


「若様、ユルレミ様」

「なんだ、タルヴォ」

ある夜、執事のタルヴォ、元々はヴィルヘルミーナ姉さん付きであった執事が僕に声をかけてきました。

「私めにお暇《いとま》をいただきとう存じます」

暇か……。彼の様子を上から下まで見ます。ピンと伸びた背筋を綺麗に腰から折ったお辞儀。一分の隙もない彼が職を辞するとして思い浮かぶ理由はただ一つ。

「タルヴォ。……姉のところへ行くのか?」

「は、あの方から馳せ参じるよう仰せつかりました」

「ふむ……、君だけか?」

「我ら全員を」

我らとは僕の姉さんの従者・侍女だった全ての人員ということだ。僕が伯爵となったのに応じて増える使用人に紛れさせていたけれども……。

「今、領地の方に行っているのもいるから、どちらにしろ全員同時には無理だね。順次送っていくのと、新人を入れて引継ぎをしながらなら構わないよ。元々そうなるだろうと思っていたし」

「は、感謝いたします」

それにしても、一気にか……。

「A&V社ねぇ。今のところ変な無料診断所を始めただけだけど、姉さんはどうやって儲けているんだろうな」

知られざる魔力保有者を発掘するというのはその技術が確立されたというなら面白い考えだし、その情報自体は高く売れるものだと思う。

でもそれでは当時の使用人全部を引き抜くには全然足りない……はずだ。彼らへの給与はもちろんの事、それを雇って働かせるための場所、つまり屋敷も用意するということを意味しているのだから。

「それは私の口からは申せません」

分からないではなく申せないという彼の口ぶりからも判断できるが、タルヴァは間違いなく知っている。姉さん付きの侍女やメイドたちが無料魔力診断所の受付として働いていたらしいし、その儲けのカラクリは伝達されているだろう。

「姉さんにとって信頼できる身内で固めている。情報漏洩を避けるために。今住んでいる王家の監視付きの家から越すということは、監視されづらいところに移動するという意味もあるだろうけど、王家から警戒感が高まるということでもある」

「御慧眼です」

僕は机に肘を突き、頭を支える姿勢をとった。

実際どうなのだろうか？

「拙速にすぎる気もする。だが拙速は巧遅に勝るということか？　例えばこうやって一気に引き抜くことで、姉さんは僕が父に告げ口すると考えないのだろうか」

タルヴァは笑みを浮かべて言う。

「あの方のお心を推しはかるのは不敬かもしれませんが……」

「ふふ、姉はもう平民だ。気にせず言ってみてくれ」

「若様が我ら使用人たちを保護してくださったことに対する恩返しの一端のおつもりかと。仮にこれでペリクネン公に伝わったとてお恨みには思いますまい」

つまり、僕に対する告知だと？

姉さんは言っているのだ。『これから嵐《ストーム》が行くわ、気をつけて！』と。彼女こそずっと暴風雨《テンペスト》の中、自らの命が脅かされていると言うのに。

これだからあの人は……。

「つまり、大きく動き出すという警告か。僕がペリクネン家と共倒れしないようにする機会を与えると、そう言いたいのか。公爵家令息にして伯爵である僕に向けて平民がずいぶんと不遜なことだ」

「若様の血を分けた姉君ゆえに」

「タルヴォ。僕ごときでは姉さんの、あの鬼才の思考に追いつくこともできなければ、彼女の下に馳せ参じることもできない」

彼の眉根に皺が寄った。

「それは……公爵家次期当主としての責任であり柵《しがらみ》ゆえに仕方ないことでしょう」

「だけどそんな僕でも、今のうちなら勝ち馬に乗っておけるかもね」

勝ち馬に乗る？　いや、負けた時の保険ができるのが正しいかな。

僕は引き出しの裏のボタンを操作する。がたり、と壁の本棚がずれた。

隠し金庫を開けて、手紙の束をタルヴォに渡した。

「こちらは？　全て若様の印章により封蠟されておりますが」

「僕が信用できると思う若い貴族令息・令嬢への紹介状、それと懇意にしている商家のものだ。僕の服を仕立てている店のものもある。それと……僕個人で雇った情報屋から得た王家や教会、父に関する情報の写し。きっと数手先で必要になるだろう」

「充分、姉君の思考を読まれているのでは？」

「いや、僕は姉さんが何をするかがそもそも分かっていないからな。ただ、中央に影響を与えようとすれば当然必要となるだけだ」

そして小箱を取り出して渡す。

「これは？」

開けてみるよう促す。中には指輪が一つ。大粒だが少し古いカットのルビーを小粒のダイヤモンドが取り囲む意匠。

「母の遺品だ」

「なんと……！」

「後妻に奪われていたからな。掠め取ってレプリカと交換しておいた。姉さんに継がせてくれ」

僕のもとにあっても、ペリクネン家が嵐に沈めばこれも手放さなくてはならないかもしれないからな。それなら姉さんが持つ方がずっといい。

「何か、お伝えすることは？」

「これは貸し……いや……、必要ないな。お幸せにと」

「必ず、必ずや伝えておきます。我が主人に代わり、最大の感謝を」

わたくしたちは再び馬車で王都南部へ、しかし王都の中心部寄りの住宅街へと向かいます。

そこにあった小ぢんまりとした屋敷を買い取ったためです。

かつて豪商が住んでいた屋敷だったのですが、破産して抵当に入っていたものを王都中央銀行が押さえていたとのことで、クレメッティ氏から格安で譲っていただけることとなったのです。

屋敷としては小さめとは言え、ここは王都の準一等地。貴族の領地にあるカントリーハウスとは比べるべくもないですが、タウンハウスと考えればそこらの貴族家よりは立派なものですわ。

屋敷の門を抜けたところで馬車が停まります。

「さあ、レクシー、新しいお家ですわ」

「まさかこんなところに住むことになるとは……」

そう呟きながら馬車を先に降りて、わたくしをエスコートしてくださろうとしたレクシーの身体が、ぎょっとして不自然に固まります。

「ふふ、大丈夫ですわよ」

レクシーが馬車を降り、わたくしが扉の前に立ちます。そこから見える屋敷の庭には、数多の使用人たちが直立不動でこちらに熱い視線を送っています。

レクシーがわたくしの手を取り、地面へと降ろしたところで、その使用人の先頭に立つタルヴォが良く通る声を放ちました。

「旦那様、奥様。お帰りなさいませ」

そして彼らがお帰りなさいませと一斉に声を唱和させ、腰を折り頭を下げました。

ふふ、初回のパフォーマンスといったところでしょうか。

ちらり、とレクシーを見上げます。『何かお言葉を』そんな意味を込めて。ですが彼は慌てて首を横に振りました。仕方ありませんわね。

わたくしは一歩前へと出ます。

「あなたたち。良く戻ってきてくれました。わたくしはもはや貴族家の者ではなく、その資産もまだ安定したものではない身であるというのに」

わたくしの声にタルヴォが答えます。

「我ら使用人一同、ペルトラご夫妻にお仕えできること、心から喜ばしく思っております」

「上級使用人だった者の中には、爵位を持つ家の者もいるでしょう。平民であるわたくしたち夫妻に頭を下げることに不満のある者はいないのですね？」

答えはありません。

「ではあなたたちは今からこのペルトラ家の使用人です。待遇については今後、全員と面談して決めさせてもらいますが、まずはタルヴォ、あなたを家令に任じます。男性使用人たちを統括なさい」

「畏まりました」

タルヴォは胸に手を当てて頭を下げました。

「ヒルッカ」

「はい」

かつてわたくしの侍女だったヒルッカを呼びます。

「あなたを家政婦長《ハウスキーパー》に命じます。女性使用人を統括なさい」

「畏まりました」

彼女は優雅に淑女の礼をとりました。

「センニ」

「はっ、はい！」

呼ばれると思っていなかったのでしょう。彼女は馬車の脇から急いで駆けてきます。わたくしは彼女をヒルッカの前に。

「彼女はわたくしたちが平民となってから雑役女中として雇いましたが、わたくし付きの使用人として扱いなさい。ヒルッカ、彼女の教育を任せます」

「畏まりました」

「よ、よろしくお願いします！」

ぴょこんと彼女が頭を下げました。

「また、あなたたちは使用人であると同時に、A&V社の社員であると扱います。この屋敷の管理にここまでの人数は不要ですし、その分はそちらの仕事も行ってもらいます」

タルヴォが尋ねます。

「侍女やメイドの数名が行っていた、魔力量鑑定所の仕事でしょうか」

「ええ。ですがその事業を王都の四ヶ所で同時に行います。簡単な作業ですが、あの技術が秘匿すべきものである以上、信頼できる者にしか任せられません」

「ヴィルヘルミーナ奥様に信用いただだいていること、我ら使用人一同の幸せにございます」

「ええ、それとわたくしを尊重する以上に、家長でありA&V社の社長たるアレクシ様に良くお仕えなさい」

「「はい！」」

「アレクシ様、何かお言葉を」

レクシーも一歩前に。わたくしと並びます。

「アレクシ・ミカ・ペルトラだ。俺は彼女とは違い根っからの平民で、正直言って君たちが仕えるに値する人物ではない。だが、そうあろうと全力を尽くそう。それを支えてくれると助かる」

「はい、旦那様」

こうして顔合わせを終えて屋敷へと入りました。

使用人たちは使ってなかった屋敷の改装や清掃を中心に働き、わたくしたちは荷物を侍従に預けると、屋敷の構造や部屋の説明を受けます。

決して広い屋敷ではありませんが、三階建てに地下室もあり、個々の部屋が少し狭めなのもあって逆に部屋数はしっかりと取られています。

上から下まで一通り時間をかけて見た後、レクシーが呟きました。

「なあミーナ。ちょっと聞いていいかな？」

「なんでしょう?」

「俺の部屋は?」

「ありませんわ」

「えっ」

二人でタルヴォを見ます。

「書斎、執務室が旦那様用の部屋でございます」

「研究は?」

「将来的には研究所や工場を別の土地に造る必要があると伺っております。暫定の研究開発施設は、旦那様がお煙草を嗜まれないとのことで、現在シガールームを改装してそれに使っていただく予定です」

「ああ、良かった。それと俺の私室は?」

「ございませんが」

「えっ」

わたくしが口を挟みます。

「夫婦の寝室がありましたでしょう」

「べ、ベッド一つしかなかったじゃないか」

わたくしはレクシーの腕を抱えるように取りました。

「わたくしを抱くかどうかはともかく、いいかげん諦めて同衾《どうきん》くらいなさいませ。そういうことですわ」

屋敷の水回りは全て改修したそうなので、新品の浴槽に浸かります。

猫足のついた花柄の陶器、湯には香油が垂らされ、フローラルな香りがわたくしの裸身を包みます。

「ふぅ……」

「奥様、湯加減はいかがですか？」

湯浴みの世話をする使用人が声をかけてきます。

「ええ、ちょうど良いわ」

浴槽からだらりと伸ばしたわたくしの腕を、泡立った布で擦りながら彼女が尋ねます。

「少し、日に焼けられましたか？」

「そうね、出歩くことも多かったし、日傘も差さなかったから。肌も荒れてると思うわ」

「おいたわしや……これからはしっかりとお手入れさせていただきますね」

「ありがとう、でもほどほどにね」

今のわたくしは平民なのですから。公爵家令嬢だった頃のように金を湯水のように使うことはできませんし、身分的にもそこまで華美なものを纏うことはできませんもの。

「何をおっしゃいますか。服や宝飾品に関しては身分による制限があるとしても、身体の美しさに制限はかけられないのですよ」

「ふふ、そうね。ああ、でも香水は制限があるかしら。麝香《ムスク》を平民が使うのは好まれないとか、色々と学んだわ」

「そういったものも我々にお任せくださいまし。どちらにせよ奥様には花の香調《フローラルノート》のものがお似合いかと」

風呂から上がると、全身を丁寧に拭われます。

「旦那様は？」

「先に寝室にいらっしゃいます」

そう言うのはヒルッカ。別のメイドがわたくしの髪の水気を拭う間に、わたくしの正面に屈み込んで、細い筆でウエストに香水をそっと塗りました。

そして真紅のナイトガウンを羽織らされます。

「おかしくないかしら？」

わたくしはくるりと鏡の前で軽く回りました。

「素敵でございます」

「じゃあおやすみ」

「ご健闘をお祈りいたします」

……それはどうかしらね！

寝室に入ると薄暗い部屋の中、レクシーは文机に向かって書き物をされていました。

彼の周りだけが魔石洋燈の白い光に照らされて闇に浮かび上がるよう。

「ご熱心ですわね」

「あ、あああぁ。ミーナか。うん。ちょ、ちょっと思いついたことがあったからそれだけ書いてしまおうかなと」

わたくしは棚から蒸留酒の瓶を取り出し、水で割ったものを二つの酒杯に用意します。

それをベッドの脇のローテーブルに置き、レクシーの書き物を後ろから覗き込みました。

大きな喇叭のような形状の設計図。きっと魔素集積装置ですわね。

覗き込まれたのがよほど驚いたのか、びくり、とレクシーが身を起こし、その弾みでレクシーの後頭部がわたくしの胸にあたり、そして机に突っ伏しました。

ごつり、と鈍い音がした気がしますわ。

「大丈夫ですか？　申し訳ありません、驚かせてしまったみたいで」

わたくしがレクシーの額を覗き込もうとすると、再び思いっきり仰け反られました。

「い、いや大丈夫だ。痛くない。痛くないぞ！」

わたくしが身を離すと、彼は机に向き直り、ペンをインク壺につけて書こうとして首を捻り、再びペンをインク壺につけて紙の上に手を置いて固まり、ペンをペン立てに戻されました。

そして両肘を机について手を額につけて項垂れます。

「ダメだ。脳細胞が衝撃で働かない」

「額をおぶつけになったから……」

「後頭部の問題なんだがなあ……寝ましょう」

「少しお酒を飲んでお話ししませんか?」

わたくしたちは広いベッドに並んで腰掛けます。

杯を軽くぶつけて口にし、酒精の薫りを楽しんだところで尋ねます。

「まだ、わたくしを抱く気にはなりませんか?」

レクシーが咽せました。

「な、にを……」

「わたくし、レクシーに好意を抱かれていると自負しているんですけど」

わたくしは話しながら脚を組みます。ナイトガウンの裾からふくらはぎから先、くるぶし、足の甲、つま先と白い肌が光を照り返します。

レクシーは慌ててそっぽを向きました。

「別に見ていただいてよろしいのですよ?」

「は、はしたない、ですよ」

「貴族的な求愛の言葉や仕草はもちろん学んでおりますわ。花鳥風月に喩える言葉、詩からの引用、扇の開き方や角度、香水の種類。あらゆる求愛の仕方がございます。でもレクシーには直接的に言わないと伝わらなかったり、とぼけたりされると思いますから」

ぐぬぬ、とレクシーは唸りました。

「まだご自身に自信がない?」

「……それは、そうだ」

「以前とは雲泥の差ですわよ？」

「それはぼさぼさで身嗜みに気を遣ってなかったのを君が整えてくれたからで」

なるほど、そこで意識が止まってしまっているのですね。

「その時よりも素敵になっていることをご存じない？」

怪訝な瞳を向けられました。

「何を」

わたくしは身を寄せてレクシーの頬を撫でます。避けようとする彼を宥めるようにそっと。

「肉付きも良くなられました。まだ痩せ気味ですが頬のこけているのが明らかに薄れてきたのはお分かりになるでしょう？」

「……ああ」

「それにあの頃は段々と気を抜くと猫背になられていたのが、今はなくなりました。実験の成果が出たことも大きいのでしょう。所作や言動に自信が見られるようになりましたわよ」

「……実験とか、研究とか。そういうものには」

「女性に対しては自信がない？」

「……うん」

わたくしはしばし考えます。

「やはりあれでしょうか、殿方の象徴がとても小さいとかそういう」

「違うからな!?」

「わたくし小さい頃の弟のものしか見たことありませんし大丈夫ですわよ?」

「だから違うから！　……学生時代にこっぴどい振られ方を何度かしてな。今でも女性がちょっと怖いんだ」

なるほど。ちょっと話を聞いてみると、向こうから好意的に近づいてきて、こちらが気になった素振りを見せたりデートをした後に断られるようなのが続いていたと。

まあ、当時のレクシーが外見に気を遣っていたのかは分かりませんが、貴族による平民への嫌がらせも半分くらいは混じっている気がしますわね。高等学校に通う者の大半は貴族の令息・令嬢ですから。

「慣れていきましょう」

「えっ?」

「過去に囚われていても仕方ありませんわ。未来に向けて慣れていくのです。とりあえず、今日は手を繋いで寝てみるのはいかがでしょうか?」


……………やってしまった。

真っ暗な部屋、柔らかな布団の中。自己嫌悪と共に目を覚ます。

今までに経験したことのない滑らかで柔らか、そして軽やかな布団の温もりの中、俺のものではない熱量が右腕に纏わりついている。

「ミーナ……」

答えはない。ただ安らかな寝息が俺の耳元、驚くほど近くで聞こえる。

俺の右手を彼女の左手が握って、少し離れて寝ていたのが、寝返りを打ったのだろう。俺の右肩あたりに彼女の顔があり、両腕で俺の右手を抱きかかえるようにして眠っている。

俺が緊張して身体を微動だにせずに寝ていたというのに！

右肘の辺りに当たる柔らかいものから意識を遠ざけながら、ゆっくりと身体を捻る。

白金の髪を巻き込まぬよう、目を醒まさせぬようそっと腕を抜く。

「んっ……」

彼女が身じろぎしながら艶めかしい声を出した。

薔薇のように甘やかで、新緑のように爽やかな薫りが立つ。

そう、身の奥が痺れるのはこの香りのせいもあるだろう。昨日の夜、眠る前。隣に座っていた風呂上がりのミーナから匂い立つ香りにやられたのだ。

ベッドから床へと下り立つ。温かなものに包まれていたのが失われ、肌寒さにぶるりと身が震えた。

カーテンの向こうから覗く窓の外は星空で、王都の城壁の際が紫に染まっていた。

俺はそっと部屋を出る。

「おはようございます、旦那様。こんな未明にどうなさいましたか？」

「うわあぁぁああ！」

部屋を出てすぐのところにメイドが座っているとか！

うーん。と、ベッドの方から寝言が聞こえる。

「お静かに」

俺は頷くと、そっと音を立てぬよう扉を閉めてメイドと向き直る。

「こ、こんな時間まで起きているのかい？」

「夜番です。交代の時間になったら眠らせていただきますので。主寝室の前には毎夜こうして誰かしら控えておりますから、何かございましたらお申し付けくださいませ。さて、どうなさいました？」

「い、いや！　ちょっとトイレに」

彼女の視線が俺の顔と下半身を彷徨い、鼻が微かに動いた。

青い臭気。

「なるほど、お召替えですね。すぐに用意いたします」

うあぁぁ……。顔に熱が集まるのが分かる。

彼女は手提げ洋燈を片手にトイレへと俺を先導した。

「お着替えをお持ちいたしますので、少々お待ちください」

はあ……。便座に座ってため息をつく。

「湯桶とタオル、ここに置きますね」

外から声がかけられる。

感謝の言葉を告げる前に足音は去ってしまったので、黙々と下半身を拭う。

その間に換えの寝巻きを持ってきてくれたのでそれに着替えていく。

「……ありがとう」

「いえ、これがわたしたちの仕事ですので」

「……何か言いたげだな」

彼女はタオルと下履きを桶の湯に浸しながら言う。

「無駄弾を撃ってないで、ちゃんと奥様を抱いて差し上げれば宜しいですのに、と思いました」

俺はため息をつき、ふと聞きたかったことを尋ねる。

「少し尋ねたいんだが、君たちはペリクネン家でヴィルヘルミーナに仕えていたのだよな？」

彼女は頷く。

「ええ、下働きの者たちは直接お仕えしていた訳ではありませんけど、皆そうですね」

「君たちはその、なんだ。俺みたいな平民がミーナを、ヴィルヘルミーナを妻としていることに、もっと言えば公爵家令嬢を手折らんとすることは嫌ではないのか？」

ふむ、と彼女は声を上げた。

「無論、公爵家令嬢であったヴィルヘルミーナ様をいち平民が汚さんとしたのであれば我らは身を挺してでも止めたでしょうし、もし汚したのであれば地平の彼方まで追いかけて殺したでしょう」

思っていたより更に苛烈な答えが返る。

「あ、ああ」

「ですが、それと今の状況は違います。公爵家令嬢であった我らが主人はその地位を褫奪され、お家から勘当されました。そんな彼女を尊重し、助け、再び立派な屋敷に住まわせられる平民がいましょうや?」

「いなくは、ないのでは」

「おりませんわ、自信をお持ちください。私たちは本当に、心から嬉しかったのです。昨日、旦那様にエスコートされて馬車を降りたヴィルヘルミーナ様が笑顔であったことが」

「そうか……」

「ヴィルヘルミーナ様は苛烈さと慈愛の心を共にお持ちです」

彼女と出会ってからの日々が思い起こされる。

「……分かっている」

「あの方の笑みを引き出すことがどれほど価値があるか。彼女が、前の婚約者のクソやろ……失礼……クソ殿……エリアス殿下と共にいて、笑われている姿など見たことありません」

「……そうか」

俺は着替えを終えて寝室へと戻る。

扉を閉める時、彼女はそっと囁いた。

「我ら使用人一同、ヴィルヘルミーナ様の幸せのみならず、アレクシ様の幸せも心から願っているとご理解ください。おやすみなさいまし」

黎明《れいめい》の光がカーテンの下から白く漏れ始めている。まだ起きるには早い、一時間は眠れるだろう。

俺は布団の中にそっと潜り込み、ミーナの手を握った。

「レクシー……？」

寝ぼけた声が聞こえ、薄らと瞳が開かれる。

「起こしてしまったか。ミーナ、まだ起きるにはちょっと早い」

「ふふ」

彼女は笑う。

「どうした」

「レクシーと共寝をしているのが嬉しいのですわ……おやすみなさい……」

彼女の声はすぐに寝息にと変わった。


一度か二度、明け方から朝にかけて目が覚めかけたような気がしましたが、はっきりと目が覚めた時には部屋は明るくなっていました。

知らない天井です。

ああ、そうですわ、昨日、こちらに越してきたのでした。

使用人がカーテンを開けてくれたのでしょう。布団からもぞもぞと頭を出してそちらを見れば、爽やかな朝の光が部屋に差し込んでいるのがわかります。

左手は、少し角張った柔らかいものに包まれています。

わたくしが左手を動かすと、きゅっ、と手が握られました。

「起きたのかい？」

レクシーの声。

そちらを見るとベッドの中で身を起こし、こちらを覗き込む彼の姿がありました。

彼は左手に実験のレポートであろう書類を持ち、右手はわたくしの手を握ってくれています。

わたくしが目を覚ますのを待ってくれていたのでしょう。

「おはようございます、レクシー」

「おはよう、ミーナ」

ふふ、と笑みが浮かびます。

「寝る前と服装が違うとはお洒落さんですわね」

ぐふ、と妙な声を出して咳き込まれます。

わたくしが身を起こそうとすると、レクシーは握った手を引いてくれました。

彼はベッド脇のサイドテーブルに手にしていた書類を置き、こちらに茶色の視線を向けます。

「ミーナ」

「はい」

「今はこれくらいで許してくれ」

レクシーの両手がわたくしの肩の上へ。彼の顔が近づき、わたくしの顔の横へと動きます。

柔らかいものが頬に当たって、そして少しして離れました。

「じゃ、じゃあ着替えて下の食堂に行くから」

顔を赤らめた彼はそう言って立ち上がると、書類を持ってそそくさと隣の部屋へと向かいました。

壁際に控えていた侍女のヒルッカが恭しくレクシーに頭を下げて見送ります。

バタン、と扉が閉まりました。


――――!?!?


わたくしが硬直しているとヒルッカが近づいてきて言いました。

「おはようございますヴィルヘルミーナ様」

「れれれレクシーが！　レクシーから！」

「ふふ、ヴィルヘルミーナ様。良かったですわね」

「ああ、いけないわ、わたくし死んでしまうかもしれなくてよ！」

わたくしと使用人たちが興奮にきゃあきゃあ言いながら召し替えをして食堂へと向かうとベストに白シャツ、トラウザーズ姿のレクシーが既に座っています。

服も新しくなってちょっとした貴族子弟や資本家に見えますわ！

「おおお、おはようございますレクシー」

「ん、んん。ミーナおはよう」

互いに顔を赤くして妙な緊張感があります。

なんとなく沈黙したまま料理が並ぶのを待ちます。

朝食はエッグ・ベネディクト。ナイフを入れるとすっと抵抗なく切れるそれは子供の頃からわたくしの好物だったものです。そう、料理人もペリクネン家から数人呼べましたからね。

「昨日の夜も思ったけど美味しいな」

「公爵家の時ほど華美な装飾はしていませんし、決して高級食材を使っている訳ではありませんけど、料理長の腕は確かですわ。彼も喜びましょう」

食事を終え、食後に季節の果物を食べつつ相談です。

「さて、来週から王都で四ヶ所の『魔力鑑定所』を開く訳だが、高濃度魔素結晶化装置、ミーナ十二号の用意は鑑定所一ヶ所につき三台で十二台。それと屋敷に君専用のものが一台と予備として三台で計十六台が完成している」

レクシーが言います。相談というより悪だくみ、かもしれませんわね。

「ええ、ありがとう存じますわ」

「それと金細工士に外装だけ発注したもの……内部構造は変わらないから十三号ではないな、十二号改とでも言おうか。今日二つとも完成したとの手紙が来ていたようだ」

控えていたタルヴォが一歩前に出ます。

「早速、使用人を派遣して引き取りに向かいます」

「ええ、よろしく」

「戻ってきたら内部構造を俺の手で嵌め込んで動作確認をしよう。それで二台の十二号改が完成する予定だ。後は一応自分の実験用のがあるから全十九台か。君が必要な数に達したか？」

わたくしは笑みを浮かべます。

「はい！　またいずれ増産は必要かと思いますが、今はこれで十分ですわ」

できれば増産の時には工場を造ってレクシーの手を煩わせないようにしたいものですが、どうなるでしょうか。

「じゃあこれで俺は魔素集積装置の方の研究に進んで良いかな？」

「はい、よろしくお願いいたしますわ。お待たせして申し訳ありません」

昨日も設計図を見ていましたものね。研究者であるレクシーとしては本当はもっとはやくこちらに取り掛かりたかったでしょうが、お待たせしてしまいましたもの。

「いや、大丈夫だ。それで、十二号改はなにに使うんだ？」

「ふふふ、これでちょっと貴族に伝手を広げていきますの」

レクシーは首を捻ります。

「なんだ、贈答する……？」

「それも選択肢としてはあり得ましょうが、金の卵を産むガチョウを渡せませんわ」

「そうだよなぁ」

レクシーの発明を誰かに渡すような真似は致しませんもの。贈答の駒としてはもちろん強力ですが、それではわたくしたちの利になっても王家へ届く牙にはなりませんから。こういった贈り物は上に流れていきますので。

「わたくし、明日からはそれを持って社交に勤しみますわね」


翌日のことです。わたくしは淑女の礼をとってお客様に挨拶いたします。本日は屋敷へとお客様をお招きしたのです。

「まあ、サーラスティ様、よくお越しくださいました」

馬車から降りてきたのはミルカ・サーラスティ伯爵令嬢、かつて親しくしていた友人ですわ。

彼女は侍従に手を引かれて馬車のステップを降りると、私の下へと駆け寄りました。

「おやめになってヴィルヘルミーナ様！　わたし、ヴィルヘルミーナ様にそんな態度を取られてしまったら悲しみに胸が張り裂けてしまいますわ！」

「ふふ、わたくしはもう平民なのですよ」

「構いませんわ、昔のようにミルカと」

「はい、ミルカ様」

「もう、様もいりませんのに。今日はお招きいただきありがとうございます」

彼女もわたくしに淑女の礼をとってくださいました。

その後も馬車が数台。ミルカ様たち、かつてのわたくしの友人たちの中で特に親しかった方たちをお招きしたのです。

招いたのはお茶会のため。ただ、招待する方は厳選しております。

屋敷であるとはいえ、地位を褫奪され平民となった者の家に招かれて喜べる方、悪意ある噂を撒くような人柄ではなく、口の堅い方。

最初はわたくしの友人たちを。いずれは弟のくれた紹介状も役立つことでしょう。

つまり、貴族社会への足場を作るのです。

「こぢんまりとしていますが、管理の行き届いた素敵なお屋敷ですわ」

「ねえ、本当に。使用人の方たちも素晴らしいですし」

「お紅茶もお菓子のカヌレも美味しいですわ」

みなさま口々にお褒めくださいました。お茶もひと段落した時、わたくしは本題を切り出します。

「わたくし、商いに手を出していますのよ。元貴族令嬢としてはしたないことなんですけども」

「それは……ヴィルヘルミーナ様が卑下するようなことではありませんわ」

ミルカ様がおっしゃいます。

「そうですよ、わたしなんかではきっと没落したら失意のうちに儚くなってしまいますわ」

「そして成功されているのでしょう？　素晴らしいお手並みですわ」

「ふふ、商いもまだ始めたばかりですわ。ねえ、ご興味おありになります？」

みなさま頷かれます。

わたくしが手を挙げると、部屋の隅に控えていた使用人が頭を下げ、隣室からサービスワゴンを押してきます。

ワゴンの上には金細工で蝶の舞う様が精緻に描かれた箱。箱には魔銀を加工した銃把のような取手が取り付けられています。完成したミーナ十二号改です。

「旦那様が発明したものですわ」

「まあ、素敵な細工ですわね」

ミルカ様が「触っても？」と求められたので頷きます。

「ふふ、旦那様が作っているのはこの中身ですけどね」

「これは何をする道具なのかしら？」

「知りたいですか？」

みなさま頷かれます。

「絶対に秘密ですよ」

頷かれます。

「秘密がバレると、わたくし殺されてしまうかも」

「そんなにですか!?」

「それだけ旦那様の発明が素晴らしいのですわ。ちょっと実演してみましょうか。ねえミルカ様、ちょっとお小遣い稼ぎにご興味はあるかしら？」

「お小遣い……興味はありますけど危険なのはダメですわ」

ちょっと頬を赤らめて答えます。

あらあら、何を想像されたのかしら。まあ没落貴族の令嬢や妻にはよくあることかもしれませんわね。

「危険など全くないと誓いますわ。ちょっとしたお遊びのようなものですの。ミルカ様、こちらを持ってくださる？」

箱を机の上に置き、ミーナ十二号改の取手を握ってもらいました。

ミルカ様は慎重に取手を持ちます。周りの人たちも興味津々なご様子。

「魔力を込めてくださる？」

そう、ミルカ様も魔力をお持ちなのです。中位以上の貴族はだいたいがそれなりの魔力を有している。そして令嬢たちはそれを使うこともなく一生を終えます。ただ、次代に魔力を継ぐために。いつか偉大なる魔術師が家系から生まれることを期待するだけのために。

——チリン。

箱から鈴の音が鳴りました。魔石ができると音が鳴るようになっています。

わたくしは箱を受け取って引き出しとなっている下部を開けます。少し赤みがかった火属性を内包した魔石。1カラット程度の大きさですかね。わたくしが作るよりは小さいですが、やはり平民たちが作るものよりは格段に大きい。

「魔力を魔石化する発明ですの」

「まあ！」

魔石が令嬢たちの間で回されていきます。

一周したそれをわたくしは回収し、宝石箱へとしまいます。

「はい、お小遣いですわ」

わたくしは金貨を一枚取り出します。だいたい現在の流通において1カラットの未加工魔石を仕入れる値の半額くらいでしょうか。

それを綿の小さな巾着袋に入れてミルカ様に手渡します。

「あら、わたしったらお金を稼いでしまいましたわ！」

「あら！」

ミルカ様はとても嬉しそうなご様子。

そう、貴族令嬢は自分のお金を持っていないのです。

それは、全て後払いで家へ請求が来るためですわ。その支払いも基本的に家令か執事が処理するもの。

「ねえねえ、わたしにもできまして？」

他の方々も興味津々といった様子。ええ、もちろんです。そのために集めたのですから。

みなさまがお小遣いを得て喜んでいる後に、わたくしはそっとカタログを取り出します。

「もしよろしければ、それで買えるようなものを御用意していますわ」

そう言ってカタログをお見せします。今日のお菓子のカヌレ、ちょっとした刺繍の入ったハンカチ、平民の間で人気の恋物語の本、平民風の髪留め、異国の耳飾り、男の子用の騎士の人形……。

どれも銀貨で買える程度のもの。つまり、お土産を何種類か選べるということですわね。

もちろん友人でしたたし、彼女たちの好みは知っています。例えばミルカ様は歳の離れた弟がいらっしゃいますから、やはり騎士の人形にも興味を示されました。

こうして彼女たちは馬車にお土産を載せてほくほく顔でご帰宅なさったのです。


「お茶会はどうだった？」

その日の夜、夕食を終えた後にレクシーがわたくしに尋ねます。

大体夕食の時がその日の報告会といった雰囲気になりますわね。皿が下げられ、デザートに氷菓子が給仕されています。

「ええ、みなさま楽しんでくださいましたよ。もちろんわたくしも楽しめました」

「それは良かった。魔石はどうだった？」

わたくしは侍女に持たせていた宝石箱を受け取り、レクシーに彼女たちの作った魔石を見せます。

「鑑定も済ませましたが、どれも1カラット前後の球体ですわ。大きさはわたくしのものほどではありませんが、充分な高品質のものと言えます。これで、A&V社の魔石ラインナップは大きく三種類になったということですわね」

わたくしの大粒のもの、今持っている中型のサイズ、魔力鑑定所での小粒のものですわ。

「生産した魔石はどうするんだ？」

「クレメッティ氏とも相談していますが、市中には流さず、いくつかの工場、大商会、輸出用の販路と直接大口の契約を結びます。価格は市場の一般的な取引額から五分引きです。条件によっては最大で一割まで値引きすることで合意しましたわ」

「それでもこの品質の魔石が一割引きなら問題なく売れるだろう。しかし、彼女たちからは半値で仕入れたんだろう？　……暴利を貪りにいくね」

レクシーが笑います。

ダンジョン内での発掘や魔獣を倒して得ていた魔石を手に入れるのにかかるコストが今までの比ではありませんからね！

「それでもあれはお茶会やお土産の選定の手間、招待状などのことを考えれば儲けは度外視ですわ。……まあ、わたくし個人の生産と魔力鑑定所の方は利率が酷いですけどね」

「利率十割と九割か……」

互いに顔を見合わせて苦笑しました。暴利にも程がありますわね。

「レクシー」

わたくしは笑みをおさめ、立ち上がります。食卓の脇に置かれていたミーナ十二号改のもとに歩み、それを抱えました。

「魔素結晶化装置、そして今開発されている魔素集積装置。これらは王権《レガリア》に等しいものです」

「王権とはまた……」

「いえ、王権などの比ではないですわ、正しく『これを持つ者が王となる』それだけの力を持つのですから」

「うむ……？」

レクシーは首を傾げました。理解されていない。彼は天才であっても開発者ですからね。方向性が違うのでしょうか。

「我が国の王権の象徴は王冠と初代の聖槍ですわね。剣や鏡を王権とする国、斧鉞《ふえつ》や指輪……色々とありますが、それに世界を変える力がありましょうか」

「いや、伝説では聖槍は岩を貫いたと絵本で読んだが、それが真実だとしてもそれだけだな」

そう、建国の伝説が真実だとしても、所詮は優れた武器を持った英雄個人の武勇なのです。世界を変えられるようなものではありませんわ。

「また王権という言葉には象徴的な物品だけでなく、王の特権も意味しています。ご存じですか?」

「いや……」

「例えば貨幣鋳造権ですわ。王のみが貨幣を作ることができる」

「それはそうか、貴族や平民が勝手に貨幣を作るわけにはいかんよな」

わたくしはミーナ十二号改を示します。

「これがそれに劣るとでも?」

「あー……そんなことはない、むしろ上、か?」

「疑問形にしないでくださいまし、圧倒的に上ですわ。これを持つ者が世界を支配できる、現代に蘇った賢者の石《フィロソファーズストーン》」

わたくしは食卓を回り込んで、レクシーの前へ。彼にミーナ十二号改を持たせます。

「あなたこそ王の中の王です」

「……やめてくれ」

彼は首を横に振り、渡されたそれを食卓の上に置きました。

「でも、力無きわたくしたちがそれを持っていると知られたらどうでしょう」

「奪われるな」

「殺されてしまうかも」

レクシーが頷きます。

「身も蓋もないことを言ってしまえば、レクシーの技術を公開してしまえば楽だったのですわ」

「ふむ」

「まずは名誉が手に入ります」

「名誉……、また勲章みたいな」

「ただし魔素結晶化装置にはミーナではなく王家の名、パトリカイネン号を冠して王家の紋章が刻まれるでしょうね」

レクシーが鼻で笑います。

「レクシーがこの技術を公開すれば、この国は、王家は莫大な力を手に入れるでしょう。ペリクネン家は没落するでしょうが、現王が、あるいは次代の王エリアスが偉大なる皇帝となるかも」

「それは……嫌だな」

「ええ、ですが命の危険はないでしょうし、爵位や、豊かに暮らすのに充分な金くらいは手に入ったでしょう」

「なるほど」

「それなのにわたくしはこれを王家へ届く牙とするため、あなたに秘匿する道を選ばせたのですわ」

レクシーがわたくしの手を取りました。

「……震えている。恐怖している？　もうやめたい？」

わたくしは首を縦に、そして横に振ります。

レクシーはやおら立ち上がると、わたくしを抱きしめました。

「ごめん」

わたくしの頭が彼の薄い胸板に当たり、彼の鼓動と共にわたくしの顔が熱を持っていくのが分かります。

「あ、謝らないでくださいまし、謝るのはむしろわたくしの方で……」

「ミーナの恐怖は、俺や使用人たちを危険に巻き込んでいることか」

「……はい」

「それと、君の復讐心に俺を利用していることかな」

「…………はい」

彼の顔が下りてきて、わたくしの耳元に近づいてきます。

「気にしないで。俺も使用人たちもみな、エリアス王太子は嫌いだからね。彼を追い落とせる可能性があるならそれで構わないさ」

「はい」

「それと、存分に利用してくれ。俺たちは夫婦で、家族なのだから」

レクシーとの話の後、わたくしは部屋へと移動します。

「奥様」

廊下にて、付き従うヒルッカの声が後ろから聞こえます。わたくしはくるりと振り返りました。

「なにかしら」

「足元がふわふわしているのは危のうございます。……あと、笑みで表情が崩れているのもなんとかしましょうか。さっきすれ違ったセンニが二度見してたの気づいておられますか」

あら、いけませんわね。わたくしは表情をきりっとさせて静々と部屋へ。

そしてヒルッカによって部屋の扉が閉められたのを確認してから、わたくしはぼふりとソファーへと身を投げ出しました。

「あぁぁぁ……」

足がパタパタと動きます。

「ほら、はしたない真似はおやめください」

クッションを抱きしめて答えます。

「うちの旦那様、素敵じゃないかしら！」

「それはようございました」

ヒルッカから返るのは平坦な声。

「レクシー格好よすぎるぅ」

「驚きのちょろさ」

がばりと身を起こします。

「ちょっと！」

「実際、素敵になられたとは思いますけどね」

そうよ！　わたくしがちょろいだなんてそんなはずはないわ！

「それは、ねえ？　外見的には最高とは言わないわよ」

「でも奥様にはそれが最高なんですよね？」

うっ、ヒルッカが楽しそうです。侍女としての関係も長いですし、こうしてまた一緒に暮らせるようになったために遠慮がなくなっている気がしますわ。

「い、一般的には外見だけ見ればエリアスの方が断然上でしょうとも」

「王太子の権力もありますしね」

「でも、大切なのはやっぱり中身ですわ！」

「そうですね。中身の無い王太子殿下の横にいらした時より、ヴィルヘルミーナ様がずっと幸せそうなのは何よりですわ」

こくこくとわたくしは頷きます。

こほん、っとヒルッカは咳払いをし、低い声を出しました。

「んっ……『俺たちは夫婦で、家族なのだから』」

「きゃーっ！」

「……ちょろい」

父は家令より受け取った手紙を見るなり、それをくしゃりと握り潰した。

「あのバカどもめが！　どこの領地か冒険者から魔石を仕入れたのか知らんが、ウチから購入しないで安定的に確保できるものか！」

先日交渉していた大手の魔道具工房、シクラトロン社とのそれが決裂したのだろう。

長年に亘り、ペリクネン公爵家の魔石の卸先、顧客であったが、その契約を打ち切るというのだ。

「後で買わせてほしいと言っても売ってやらんぞ！」

父が気炎を吐く。

「父上。やはり、魔石の卸値を値上げしようとするのは厳しいのでは？」

父は魔石の値を吊り上げようとしている。国より魔石の基準価格は定められていて、そこにはある程度の幅があるのだ。

例えばダンジョンにおける魔獣の氾濫《スタンピード》。ダンジョンの魔獣が濃密な魔素の影響で異常繁殖して溢れ出す現象が発生した場合、ダンジョンから鉱夫たちを避難させなくてはならない。その時期は魔石の相場での価格は上昇する。

逆にその鎮圧に成功すれば価格は下がる。討伐した魔獣から多くの魔石が採取できるからだ。

「国の基準価格の範疇だ。とやかく言われる筋合いはない!」

いや、あるだろう。というか、あるからこそ向こうは契約を打ち切ってきたのではないか。

「魔石の価格上昇に正当な理由があるなら、今までは彼らも値上がりしてもちゃんと買ってくれていました。今回はそうでないと思われたのでは?」

「これから公爵家は金がかかるんだ、そのための正当な資金繰りだというのに、商人どもにはそれが分からんのだからな。公爵家が次代の王の義父となった時に覚えをめでたくするため、喜んで金を出すのが普通であろう」

父の言うことは傲慢だが分からなくはない。イーナ・マデトヤ嬢を養女としてイーナ・ペリクネンとし、そして王家に嫁がせると言うのだ。

金がかかるであろうことは間違いないし、エリアス王太子が彼女を妻として登極すれば、ペリクネン公爵家は王の外戚としてさらなる権力を握る。

その流れが商家の者たちに分からないはずがない。だがシクラトロン社以外にもいくつかの商家の者たちが、公爵家との取引を中止すると言っているのだ。

考えられる理由は二つ。一つはイーナ嬢の教育が上手くいっておらず、王太子妃として認められないのではという噂。もう一つは彼らが安価な魔石の供給先を得た可能性だ。

どこかの領地か近隣諸国でダンジョンが見つかり、それが隠匿されているのか。

「まあいい、ユルレミ。いくぞ、イーナ嬢を家族として出迎えねばな」

父は家令を従えてエントランスへと向かう。恐らく義母も妹ももうそちらにいるだろう。

今日はイーナ嬢を当家の養女として迎え入れる日だ。

王城からやってくる馬車に乗る彼女と、マデトヤ家の彼女の実の両親たちを迎え入れねばならない。その実の両親というのも父の派閥の者だがな。金で娘の身柄を買っているようなものだ。

僕は父の少し後をついてゆく。

窓から外を眺めていると、好天に照らされて、王家の紋章が飾られた馬車が敷地へと入るのが見えた。

「これは姉さんの策略なのかな?」

分からない。ダンジョンが見つかったとして、どうやって姉さんが絡んでいると言うのか。

「ユルレミ!」

階下から父の呼ぶ声が聞こえる。

そうだ、姉さんをこの家から追い出した女を歓迎してやらないと。


イーナ・マデトヤ嬢がペリクネン家に入った様子です。王宮から彼女を乗せた馬車がペリクネンのタウンハウスに向かったと。

これは王都の民衆も目撃しており、新聞にも記事が載っていました。

これから彼女はイーナ・ペリクネンとなるのでしょう。

「それにしても王太子妃としての教育は進んでいるのかしら」

「大変みたいですよ」

わたくしの呟きに答えたのはミルカ様です。

彼女はしばしば屋敷へと遊びに来てくださるようになりました。そうしてお小遣いを稼いでくださるのです。

「王宮に仕えている兄からは、彼女につけられた家庭教師たちの愚痴がよく聞こえてくると言ってました」

王都での噂は平民となったわたくしでも入手することができますが、王宮内のことはどうあっても届きませんからね。

ミルカ様たちは、礼法の女家庭教師がマデトヤ嬢の教育が上手くいかずに体調を崩されたとか、マデトヤ嬢自身もお窶《やつ》れになったとか、エリアス殿下も癇癪が増えたとか、嘘か真かは分かりかねますが、エリアス殿下の抜け毛が増えたとベッドメイクの下働きが言っていたとまで。

「それでもペリクネンへの養子には予定通り入れたのですわね」

わたくしがそう言って考え込むと、彼女たちはよよとハンカチーフを目元に当てられました。

「わ、わたくしは大丈夫ですわよ、みなさまお気になさらないで」

わたくしを追放したペリクネン家にマデトヤ……ああもうマデトヤではないのですね、イーナ嬢が養子入りしたことに心を痛めていると誤解させてしまったのでしょう。

「ただ、イーナ嬢が王宮を離れられたということは、少なくともある程度は教育が進んだということでしょうね」

「このお屋敷の使用人は元々ヴィルヘルミーナ様に以前からお仕えしていたと伺いましたが、ペリクネンのお屋敷の噂は入っておられませんか？」

わたくしが壁際に控えていたヒルッカをちらりと見ると、前に出てきました。

「まだイーナ嬢が養子入りされてからの噂は入っておりませんが、部屋の模様替えに業者が入っていたことと、家庭教師が複数招かれていることは存じております」

「ふーん、養子入りは書類上の話だけではなく、滞在されるつもりなのね」

「さすがに全くペリクネン家に入らないとなると、外聞が悪いのでは？」

確かにそれもあるでしょうね。

彼女たちが新たな噂のネタについて話していると、別の使用人が近づいてきて耳打ちしました。

「奥様、ご歓談中申し訳ございません。三番事務所で問題が」

「あら」

三番というと王都北部の魔力鑑定所ですわね。

わたくしは扇で口元を隠します。

「責任者を出せと仰る方がいらした様子です」

「事務所の責任者では対処できなかったのね？」

彼女が頷くのを見て、わたくしは使用人たちに指示を出します。

「わたくしが向かいます。ヒルッカはわたくしに代わり、お茶会の女主催者役を」

「かしこまりました」

「誰か、研究中の旦那様にわたくしが三番事務所へ向かったとことづけて。わたくしが対応しますが、万が一に備えて外出着の用意だけしておいて」

わたくしはお茶会のみなさまに中座する失礼を謝罪します。

「いいのよ、ヴィルヘルミーナ様！」

「そうですよ、しっかりお仕事なさって！」


こうしてわたくしは急ぎ馬車へと乗り込んだのです。

「それで、どういったクレームなのですか？」

わたくしは尋ねます。

そもそも鑑定相手からお金を取っているわけではないので、クレームなどまず発生し得るものではないのです。

これが流行している新参の店であれば、同業者からの嫌がらせや、みかじめ料を要求するヤクザ者もやってくるのでしょうが、令嬢だった頃にわたくしの護衛をしていた者が必ず事務所に立っていますし、わたくしたちは『何も儲けていない』ので、そういった方たちから何か要求されたこともありません。

「鑑定結果に納得いかないという方がおりまして」

「なるほど。マニュアル通りの対応では引き下がりませんでしたか？」

鑑定結果に納得がいかないというクレームに関しては、ご不満ならまた後日何度でも鑑定を受けていただいて構わないという旨と、あくまでもこれは簡易なサービスであり、ちゃんと鑑定の魔術が使える魔術師に依頼すべきとお伝えするようマニュアルに記載しています。

それで今までは全て収まっていたのですが……。

「ええ、それがですね、鑑定結果が『正確で』納得できないという方が」

んんん？

「正確なら良いことですわよね？」

「それを言い出したのがオリヴェル・アールグレーン卿で……」

ええと……。

わたくしは思わず馬車の中で天を仰ぎます。

「魔術学校の天才教授、若き俊英じゃないですか……！」

確かに王都北部の三番事務所は魔術学校から比較的近いですけども！

事務所に近づくと特にトラブルがあった様子には見えません。いつも通りの行列ができています。

これにアールグレーン卿が並んでいたというのですか？

わたくしは急ぎ、事務所の応接室へと向かいました。

オリヴェル・アールグレーン、かつてアールグレーン侯爵家の神童と呼ばれていた人物。国立魔術学校を首席で卒業し、いずれ王宮魔術師長にとの呼び声も高き若き俊英でしたが、そのまま学校に残り研究者となった方と聞きます。

侯爵家の継嗣ではなかったため、家を継いでいませんが、ご自身の魔術師としての能力と研究成果で子爵位を授爵なさっています。

今は御歳二十七のはず、わたくしより十歳上、レクシーと同世代でおそらく最も女性に人気のあった人物の一人でしょう。

その才と美貌ゆえに。

そして彼は、そう……。

応接室の扉を使用人が開けると、ぶわりと風がこちらに吹いた気がしました。中に張り詰めた魔力が溢れてきたのでしょう。

わたくしは淑女の礼をとります。

「ご機嫌よう、〝氷炎の大魔術師《アークウィザード》〟アールグレーン卿。お会いできて光栄ですわ」

わたくしよりも魔力量のある数少ない人物の一人……!

「わたくしがこの簡易魔力鑑定所の責任者、A&V社のヴィルヘルミーナ・ペルトラと申します」

「ようやくきたか、この僕を随分と待たせてくれたものだ。知っての通り、僕がオリヴェル・アールグレーンだ」

顔を上げると、応接室の革張りのソファーに座り、長いおみ足を組んでいらっしゃいます。身に纏うは魔術学校所属の大魔術師を示す金の刺繍入りのローブ。

長い銀髪を束ねた端整な顔立ちですが、特異なのはその瞳です。左目は海のような青い瞳ですが、右目に片眼鏡《モノクル》をかけていらっしゃいます。その片眼鏡の硝子の奥に覗くは燃えるような黄金。

……これが彼の名高き金の魔眼。

「さあ、説明してもらおうか」

To be continued.

あとがき

このあとがきを書いているのが四月十二日なんですが、手元にまだイラストが来てないんですよ。イラストを依頼した結川カズノさんなんですが、人気のある方であり、ご多忙なようで……。数日後にラフが送られてくる予定。今回上下巻で作業量が倍ある気がしますが大丈夫なんだろうかーって不安ではありますが、そこはもちろんプロを信じていますんでね。

なんて素晴らしいイラストなんだ！（素振り
さすが結川さんやで！（素振り
こいつはテンションアゲアゲだぜ！（素振り

はい、というわけで初めまして。あるいは前作、『モブ令嬢テサシア・ノーザランは理想の恋を追い求めない。』（以下『テサシア』）をお手にとっていただけた方はお久しぶりです。なろうなどで私の作品を読んでくれている方はいつもお世話になっております。ただのぎょーです。
『追放された公爵令嬢、ヴィルヘルミーナが幸せになるまで。上』をお手にとっていただき、ありがとうございます。

上ということは下もあります。あなたのお手元に『追放された公爵令嬢、ヴィルヘルミーナが幸せになるまで。下』はございますか？

上下巻ですので是非ね、横に並んでいただけるあろう下巻をお手にとっていただければと思うのです。買って！


さて、以前アース・スター様から書籍化させていただいた『テサシア』はそちらのあとがきにも書いた通り、友人にネタ出しをされたというか、書くことを強要されたのが執筆の切っ掛けでした。

一方で今回の『追放された公爵令嬢、ヴィルヘルミーナが幸せになるまで。』（以下『ヴィルヘルミーナ』）に関しては、実際に執筆するよりも前から自分の中で話のネタを温めていた作品なんですね。


二〇二三年の一月に『テサシア』の書籍化オファーをアース・スター様からいただいて、そこから春にかけて書籍化加筆作業を延々やっていたんです。

WEB版の『テサシア』は三万字台の中編だったので、それを本一冊分、十二万字程度に膨らませていたんですが……。

短編を長編に改稿するのは結構しんどいなと。

そこで、書籍化狙いの作品なんだけど、運よく書籍化できた時に加筆修正くらいですむ作品を書きたかったっていうのがまずあるんですね。

つまり十万字強程度の作品が書きたかった。

また、私は長編も書いている作者であるのですが、実は異世界恋愛での長編をまだ書いた事がなかったので、挑戦してみたいというのもベースにあったんですね。

さて、じゃあどういうネタなら書けるかなーと考えた中で、昔ちょっと書こうかなー、でもどう考えても長くなるしやめるかーと思っていたネタを引っ張り出してきます。

そのネタというのがこれ。『アメリカンハイスクールのクリーク的なキャラ設定で婚約破棄ものを書く。イケメン隣国皇太子とくっついて即ざまぁではなく、主人公のクインビーがギークとくっついて成り上がる』

注　クリーク　：和製英語で言うところのスクールカーストの意。

クインビー：クリークにおける女性の中心。ハイスクールでは主にチアリーダーがなる。女王蜂のように振る舞い、取り巻き引き連れたところはなろうの貴族令嬢と類似性がある。

ギーク　：クリークにおける弱者（いわゆるナード）の一種、機械やパソコンオタクのこと。

なろうの婚約破棄もの浴びるように読んでいれば、そのテンプレについてみんな理解してるじゃないですか。

結局その流れの中で何が一番気になるかっていうと、婚約破棄されたら主人公が即イケメン権力者ヒーローに拾われることなんです。そこを捻りたかったんですよね。

それと主人公をちゃんと悪役令嬢にしたかった。

高慢で貴族的思考の主人公が平民と交流して二人で協力して成り上がる物語。その中で高慢なヒロインに可愛いところあると見せること。

ダサメンだったヒーローを格好よく見せること。

そして成り上がってハッピーエンドにすること。

これを決めて、ざっくりプロット書いて始めました。結末がどうなるかは下巻を読んでいただければと思います。


ちなみに私の好きな作者様がかつて、上下巻の良いところは「ここで終わるのか！　という良いところで上巻を切って読者に歯軋りしてもらうことだ」と仰っていました。私もそう思います。

まだ手元にイラストはありませんが、上巻の最終ページで凄いイケメンがこっち見ている筈です。

続きが気になる……！　と思っていただければ幸いです。


さておき、そんな『ヴィルヘルミーナ』ですが。

なんと。

なんと……！

なんと…………！

コミカライズすることが決定しております！

ヤッター!!

詳細はまだお伝えできるほど話が進んではいないのですが、とりあえずコミック アース・スターさんとそんな企画しているぞと思っていただければ。

さらに『ヴィルヘルミーナ』下巻にも別の告知ありますので、ぜひそちらもご確認いただければと思います。それでは下巻でお会いしましょう！（続く）

ただのぎょー

EARTH STAR LUNA
アース・スタールナ
辺境の貧乏伯爵に嫁ぐことになったので領地改革に励みます
〜ドラゴンと公爵令嬢〜
As I would marry into the remote poor earl,
I work hard at territory reform
第1巻発売中!!
作品詳細はこちら→
著:花波薫歩
イラスト:ボダックス

メイドなら当然です。
万能メイドさんの
異世界紀行
濡れ衣を着せられた万能メイドさんは旅に出ることにしました
三上康明
illustration
キンタ

EARTH STAR
LUNA

追放された公爵令嬢、ヴィルヘルミーナが幸せになるまで。上

発行 ―――― 2023年6月1日　初版第1刷発行

著者 ―――― ただのぎょー

イラストレーター ―――― 結川カズノ

装丁デザイン ―――― 村田慧太朗（VOLARE inc.）

発行者 ―――― 幕内和博

編集 ―――― 筒井さやか

発行所 ―――― 株式会社アース・スター エンターテイメント
〒141-0021　東京都品川区上大崎3-1-1
目黒セントラルスクエア　7F
TEL：03-5561-7630
FAX：03-5561-7632
https://www.es-luna.jp

印刷・製本 ―――― 中央精版印刷株式会社

ISBN 978-4-8030-1795-3